# 遭難者たち

## 鎌月岳

## 安田夏菜

高校生3人が消息を絶ったとみられる鎌月岳現場近くの登山道

### 遭難か？　鎌月岳で高校生3人消息を絶つ

県北の鎌月岳に登山に出かけた高校生グループと連絡がつかなくなったとの一一〇番通報が18日までに、高校生の家族から入った。××署が調べたところ、高校生3人の登山届が出されており、同日朝から県警などが捜索を続けている。

調べによると、行方がわからなくなっているのは、県央に住む15歳の県立高校の女子生徒3人。そのうち1人は、17日朝、家族に「友達と登山をする」と言って家を出ており、3人が鎌月岳のふもとから登山口に移動したことが関係者によって確認されている。

同日正午頃にはグループが津ケ原温泉方面に向かったGPSの記録が確認されているほか、3人が提出したとみられる登山届によると同日午後3時に下山する計画になっていたという。

高校生3人のうち、1人は高校の登山部に所属していたが、数ヵ月で退部。残る2人に登山の経験はなかったという。

県警山岳救助隊などは18日朝から、×××人体制で捜索を続けているが、現在までに手がかりは見つかっていない。

鎌月岳は標高1712メートルで、8月の山頂付近は最高気温が23度に上るが、夜間は冷え込み、最低気温が12度近くまで下がる。また、夏休み期間は登山口に直結するロープウェイが運行されており、登山を趣味にしている人たちに人気がある。

鎌月岳は標高1712メートルで、ロープウェイで登山口に行け

# 6days
# 遭難者たち

「冒険とは、死を覚悟して、そして生きて帰ることである」

〜冒険家・植村直己〜

目次

# プロローグ――坂本美玖

「えーっ、坂本さん、登山部やめんの?」

夏休みの職員室。

顧問のトガちゃんが、けっこう大きい声を出したから、出勤していた先生たちがこっちを振りかえった。

灰色の回転椅子に座ったトガちゃんは、うちわでバタバタ自分の顔をあおぎながら、かったるそうにわたしを見上げている。

富樫公平、三十三歳。県立唐羽高校、地歴の教師で登山部顧問。

細めだけれど筋肉質な体をしていて、顔立ちもまあまあいいほうだと思う。けれど、着ている白いTシャツは黄ばんでヨレヨレだ。下も寝間着みたいな黒いハーフパンツで、すね毛だらけの足が丸出しになっている。

エアコンの温度設定が高いのか、職員室はむうっと暑い。トガちゃんの長めの前髪が、ワカメのようにおでこにくっついていて、さらに暑苦しい。

「おまえ、入部して――、まだ、えっと」

右手の指を、ひとつふたつと折って数えている。

「……四か月もたってねーのに？」

教師が生徒におまえ呼び、やめろ。イラッとしながら「はい」とうなずく。

「なんでー？」

「なんでって……あのう……」

答えに困って口ごもる。正直に言ったら、きっとまた毒舌でズバズバ言われるんだろうな。けども、いっか。だってわたし、やめるんだし。

「合わないんですよね」

真っ正直に答えたら、トガちゃんは「ふうん」とうなずいた。

「やっぱ、そうか。おまえ、地図読むの嫌いだもんな」

「はい」

「天気図書くのも嫌いだもんな」

「はい」

「勉強系全部嫌いで、体力だけの女子だもんな」

「はいっ」

　ムッとして、大声で返してしまった。

　ええ、そうですよ。坂本美玖、十五歳。わたし、体力だけの女子ですから。登山部って、体力勝負の運動部だと思ってたのに、こんなに勉強しなきゃなんないなんて予想外だったんです！

　中学のときは陸上をやっていて、三千メートル走とか、けっこういいタイムを出していた。だから脚力や持久力は、人並み以上だって自信があった。

　実際、新入部員歓迎登山では、先輩と同じ速度で登っても全然バテなかったし、歩荷訓練も辛いと思ったことはない。歩荷訓練というのは、二リットルの水入りペットボトルを七本くらい詰め込んだザックを背負い、四階だての校舎の階段を二、三十往復する練習だ。

　新入部員の中には足がつったり、吐いた人さえいたけれど、わたしはけっこう耐えられた。この時点では、「あ、わたし、すんごく登山に向いてる」って浮かれていたくらいだ。

　まさか登山部にも競技大会があって、山登りの他にペーパーテストがあって、両方の点数で勝負するだなんて夢にも思っていなかった。

　入ってから知ったんだけど、うちの登山部はかなり強豪で、体力トレーニングにプラスしてしょっちゅう勉強会が開かれる。登山に必要な知識を、頭にぎゅうぎゅう詰め込まれるのだ。

　やってらんない。なんで運動部なのに、机に向かって勉強しなきゃならないのか。

「止血法について、その方法を三つ答えなさい」「この写真の植物の名前を書きなさい」くらいなら、なんとか勉強する気も起きたけど、「ラジオの気象通報を聞き、その天気図を書きましょう」だの言われても、まったくやる気が起きなかった。

〈……石垣島では、北北西の風、風力3、天気晴れ、気圧1015ヘクトパスカル、気温28℃〉

〈……千島の東の北緯44度、東経155度には、978ヘクトパスカルの発達中の低気圧があって、東南東へ毎時30キロで進んでいます〉

こういう情報を天気図用紙に書き込んで、これから登る山の天候を予測しろだなんて。どんだけマニアックなんだ。わたしは気象予報士じゃないんだよ。

それにプラスして「読図」という項目もある。これは山の中で、目印の地点を地図に書き込むというものだ。しかもミリ単位で審査されて、ちょっとでもずれると減点される。

等高線を見て「尾根」と「沢」と「頂上」と「鞍部」を読みとれ、という課題もある。もう、無理無理無理無理のひとことだった。

なにしろ小学生のときから、等高線が苦手だった。あの細かいぐにゃぐにゃを見つめていると、なぜか車酔いみたいになってくる。歩荷訓練じゃ吐けないけれど、等高線なら余裕で吐けると思った。

「なんで紙の地図とか、読めなきゃならないんですか？　スマホの地図アプリで自分のいるところくらい、ＧＰＳで出ますよね」

思わず、目の前のトガちゃんにそう言いそうになったけどやめた。前に同じこと言った部員に、「紙の地図読めないやつ、クズ」って、さらっと言い放っていたのを思いだしたから。

「いいよー」

急にトガちゃんは、あっさりとうなずいた。わたしが机に置いた退部届をつまみあげ、ニッと笑う。

「合わねえやつは、やめたらいいんじゃね？　登山なんてさー、無理してやることじゃねーんだし」

ホッとする。皮肉を言われたり引き止められたりしたら、面倒だなと思っていた。

「短い間でしたが、ありがとうございました」

いちおうお礼を言って頭を下げ、職員室を出ようとしたとき、

「坂本さん、入部するとき、槍ヶ岳に登りたいって言ってたよな」

背中にまたトガちゃんの声がした。振りかえって、「はい」とうなずく。

「ぜってー、登んないでね」

大きな声が職員室に響いた。

「一生、山には登んないほうがいいよー」

その声をスルーして職員室を出ると、ガラガラピシャッと戸を閉めた。

「人の勝手じゃん」

小声で毒づいた。

「登山部やめたって、槍ヶ岳には登るから！」


――槍ヶ岳――


北アルプスにある、標高三千百八十メートルの山。

春にこの唐羽高校に入学したとき、廊下に貼ってある「登山部新入部員大募集」のポスターに気がついた。人気のキャンプアニメのキャラが描かれている。

「おいしい山ご飯、最高だよ！」「君も自然と一体になろう」なんて、いかにも楽しげな誘い文句が書かれていて、右下に小さく「今年の夏合宿は槍ヶ岳♪」という文字も躍っていた。見たとたん入部を決めた。即決だった。どうしてかっていうと、これで救われるって思ったから。あの日からずっと、後悔の沼の中であがいてたから。

中三の夏、じいちゃんが死んだ。

歩道橋の階段から転げ落ちて、頭を打って死んじゃった。七十八歳だった。

わたしのじいちゃんは、こんな死に方をするような人じゃなかったんだ。元富山県警の警察官で、山岳警備隊の一員として活躍していたこともある。山で遭難した人を、助け出すプロフェッショナルだ。

　ガタイがよくて日に焼けていて、ガハハッて笑った顔がとてもキュートだった。定年になったあともずっと山登りを続けていて、小さいころは富山に行くたび、一緒に山へ連れていってくれた。

　小二のときには、ふたりで北アルプスの山に挑戦をした。二千五百メートルあたりで疲れきり、歩けなくなったわたしを抱っこして、じいちゃんは軽々と山道を登った。

背中に重たいザック。片手にわたし。

じいちゃんは強い。誰よりも強い。

「美玖、やっぱり自分で歩く。おろしてよぉ」

太い腕に抱っこされながら、足をバタバタさせたものだ。

「まだ歩けるもん。わたし、弱虫じゃないもん」

「ああ、わかっとっちゃ。美玖は勇敢な子や」

穏やかな声で言いながら、じいちゃんはわたしを揺すり上げる。

「けど、人間ちゃ不思議なもんでな。自分の弱さを受け入れたもんだけが、真に強うなれるがやちゃ」

意味がわからなかった。けど、なんだかホッとした。

わたしは勇敢な子だ。そして、いつか強くなれる。

次の朝キャンプ場で、夜が明ける前に起こされて、見た光景も忘れられない。

夜空の色が、少しずつ薄まっていく。くっきりと黒く、山々のシルエットが浮かび上がって見えてくる。山影からポッと、小さな電球みたいな光が灯った。太陽だ。今から夜は、朝になるんだ。

太陽はゆっくりと、その姿を現してくる。弱かった光がだんだん輝きを増していって、あたりを照らしていく。黒かった山がこげ茶色になって、茶色になって、そして……。

「うわぁぁぁー」

圧倒されて、それしか言葉が出なかった。

朝日に照らされ、山々が真っ赤に燃えている。

こんな光景、初めて見た。きれいとか、素敵とか、そんな言葉じゃ言い表せない。

神さまがいる。神さまがお日さまを操って、世界の色を塗り替えている。

「モルゲンロートや」

じいちゃんが言った。

「山の朝焼け。拝みたいくらいの景色やろ。ほら、あそこ」

遠くを指さす。

「とんがった、高い山が見えるやろ。美玖がもうちょっこ大きなったら、あの山に登らんまいけ」

「ほんとだ。てっぺんが空に刺さりそう。美玖、登れるかな」

「登れっちゃ。いい山やぞ。じいちゃんと一緒に登らんまいけ」

「うんっ、約束！」

その山が槍ヶ岳だった。登りたいって思った。今度は抱っこなんかされずに、自分の足で登ってやる。

けれど――。

わたしとじいちゃんが、その山に登ることはなかった。その翌年、じいちゃんが脳梗塞になって倒れたから。

命は助かったけど、手足が不自由になった。もう山には登れなくなった。

家でボンヤリ過ごすうち、認知症の症状が出てきた。ばあちゃんが介護疲れで倒れて、娘であるうちの母さんがじいちゃんを引き取って、わたしたちは一緒に暮らすことになった。そのときには、じいちゃんはもう昔のじいちゃんじゃなくなっていた。

「ちょっこ山に行ってくる。さっき救助要請が入った。吹雪いとるが、なんとか生きとってほしいのう」

そう言って冬服を重ね着し、手袋に帽子にゴーグル、という格好で出かけようとする。外はカンカン照りで、セミがしゃんしゃん鳴いている。

「おい、美玖、ばあさんはどこにおるんや」と、尋ねてくることもあった。

「富山の叔母さんの家だよ」

「そうか」

いったんは納得するんだけれど、少しするとまた「ばあさんはどこにおるんや」「ばあさんはどこにおるんや」と繰り返す。この、同じことを何度も言う、というのは他にも毎日あった。

「さっき、家に来たおばさん、あれ、誰け?」(ヘルパーさんだよ)

「なだれには注意しられ」(そんなもん、来ないから)

「おれの、フルーツヨーグルトがなくなってしまったわ」(さっき自分が食べたよね)

二回や三回ならやさしく答えられる。けれど百回も二百回も繰り返されると、わたしも母さんも、父さんも兄ちゃんもへとへとになった。

力強くて頼りになって、笑顔がキュートな自慢のじいちゃん。大好きだったわたしのじいちゃんは、どこに行っちゃったんだろう。いるのは不安げに目をキョトキョトさせ、おんなじことばっかり言っている、おしっこくさい老人だ。

だんだん相手をするのも面倒になって、わたしはなるたけ、じいちゃんを避けるようになった。中三になって高校受験を控えていたし、年寄りの相手なんかしていられない。ただでさえ成績、やばいのに。

けれど「避けられてる」というのだけは敏感にわかるらしく、じいちゃんは余計にわたしに話しかけてくるようになった。

「美玖、槍ヶ岳に一緒に登ろうな。いい山やぞ」

倒れる前の年、約束したことだけは覚えているらしい。けれど、そのよぼよぼの体じゃ、もう登れないんだよ。

無言でスルーしたら、しつこく毎日繰り返すようになった。

「美玖、槍ヶ岳に一緒に登ろうな。いい山やぞ」

「美玖、槍ヶ岳に一緒に登ろうな。いい山やぞ」

「美玖、槍ヶ岳に一緒に登ろうな。いい山やぞ」

うるさーい！　と、ある日わたしはキレた。

「なんべんおんなじこと言ったら気がすむの？　バッカみたい」

じいちゃんが行方不明になったのは、その日の夕方だった。これまでにも何度か家を抜け出して迷子になり、おまわりさんに保護されて帰ってきたことがあったから、そのうち見つかると思ってた。けれど、夜になってもじいちゃんは帰ってこなかった。

見つかったのは、翌朝のことだ。家から十数キロも離れた、国道にかかった歩道橋。階段から転げ落ち、息絶えているのが発見された。昔愛用していた、大きな登山用ザックを背負っていて、そばには杖が落ちていた。

わたしは泣いた。めったに泣かない、わたしが泣いた。

ごめんね、じいちゃん。ごめんね、じいちゃん。

父さんも母さんも、美玖のせいじゃないと言ってくれたけど、どう考えてもわたしのせいのような気がした。キレて邪険に追い払ったから、じいちゃんはひとりで外に出てしまったんだ。しかも、人生の最後にかけられた言葉は「バッカみたい」だ。

罪の意識で心が引き裂かれそうだった。

抱っこしてくれた、たくましい腕。ふたりで見たモルゲンロート。あの温かな思い出たちを、黒く塗りつぶしたのはこのわたし。

うそでも、「一緒に登ろうね」と言ってやればよかった。冷たくして、怒鳴りつけて、じいちゃんをひとりで死なせちゃった……。

現実が重すぎて逃げ出したかった。なかったことにできたらいいのに、と思った。だから登山部のあのポスターを見たとき、これだって即決したんだ。

夏合宿は槍ヶ岳――。

そのとき、じいちゃんの形見のザックを背負って登ろう。そうしたら、じいちゃんと一緒に行ったことになる。冷たくしたことも、怒鳴ったことも許される気がする。

だから登山部に入部したのに。

まさか、机に向かって勉強させられるとは思わず。

まさか、夏合宿が中止になるとは思わず。

そう、槍ヶ岳登山を心の支えに部活を続けていたのに、ちょうどやってきた台風で、夏合宿は中止になった。そのかわりに学校で、毎日天気図書きと地図読みと、山の知識の勉強会をすることになり、イライラはピークに達した。

「あのう」

蒸し暑い教室で、「紙の地図とコンパスで、自分の現在地を割り出す方法」を勉強させられながら、とうとう立ちあがって聞いてしまった。

「槍ヶ岳、また行けるんですよね？　冬合宿とか、春合宿とかで」

「いやいや、冬とか春とか無理だから」

黒板に図を描いて説明していた部長が、笑って顔の前で手を振った。

「槍ヶ岳に行く登山道は、七月でも雪が残ってたりするから。で、十月になると初雪が降るからね。三千メートル超えの雪山に登るって、高校の部活では危険すぎでしょ」

「じゃあ、来年の夏合宿ですか？」

「うーん、来年はどうかなあ……。夏合宿の行き先は三年生が決めてるからね。今年の槍ヶ岳はぼくらで決めたけど、もう引退しちゃうから。来年はちがう山になるかもね」

「ちがう山？」

「今年の二年は女子が多いし、もうちょっと難易度低い、白馬岳派の人が多いよね」

うんうん、といっせいにうなずいている二年生たちを見ながら、もうここにいる意味はない、と思った。

やめよう。別に登山部に所属しなくても、山には登れる。そのほうが自由だ。

お天気アプリも地図アプリも便利に使える今なのに、昔ながらの方法を押しつけられ、登山競技大会にペーパーテストがあるからと、意味のわからない勉強をさせられる。

わたしの目標は大会で優勝することじゃないんだよ。ただただ槍ヶ岳に登れたら、それでいいんだよ。自分なりに体力を維持して、もちろんちゃんと安全に登る方法も探して、ひとりで登ればいいだけじゃん。

ね、そうだろ、じいちゃん？　もう霊になっちゃったかもしれないけど、早くわたしと一緒に、槍ヶ岳に登りたいよね？

形見のザックに話しかけながら、トガちゃんに出す退部届を書いたのだった。そして山のガイドブックなんかを図書館で借り、登山動画なんかも見始めたころだった。

河合亜里沙に声をかけられたのは。


亜里沙は同じマンションに住む、おない年の子だ。

小中高も同じ。といっても、うちのマンションは二百戸くらいある大規模マンションで棟はちがう。小六と中一のときクラスが同じで、それなりに喋ったりしていたけれど、特に仲がよかったわけじゃない。クラスが離れてからは、あまり接点もない。

「美玖ちゃん、あのう、久しぶり」

マンションのゲートへ向かう歩道で、遠慮がちに声をかけられた。

「あ、亜里沙……ちゃん」

「亜里沙でだいじょうぶだよ」

だな。前はたしかにそう呼んでいた。

「ちょっと聞きたいことあるんだけど……いい？」

目が大きくて、ふわふわしたくせ毛が肩のあたりで揺れている。かわいい系の女子だけどけっこう賢くて、成績はわたしなんかよりずっとよかった。

「美玖ちゃんって、今登山部でしょ？」

「ううん。ついこのあいだ、やめた」

「えっ？　そうなの？　あー、タイミング悪すぎ」

ひどく、がっかりしたような顔をしている。

「なに？　なんのタイミング？」

「私もね、ちょっと今、登山に興味を持ってて。だから、美玖ちゃんにいろいろ教えてもらえたらと思ったんだ」

「亜里沙が登山？　意外。山、好きだったっけ？」

「なんていうか……、山って癒やされそうじゃない？　自然の中で、ほっこりしてみたいと思って」

「だったら、登山部なんてやめときな」

速攻で引き止めた。

「重たいザックしょって、校舎の階段を三十往復させられるよ。顧問のトガちゃんは、とんだ毒舌野郎だよ。絶対ほっこりしないって」

「ううん、ちがうの。別に入部希望ってわけじゃなくて」

亜里沙は手のひらを左右に振って、わたしの早とちりを修正した。

「ほんとにちょっと、山に登ってみたいだけ。もし迷惑じゃなかったら……」

上目づかいにわたしを見る。

「どっか山に一緒に行かない？　塾の夏期講習ももうじき終わるし、夏休み後半は暇してるんだ。登山経験者の美玖ちゃんと一緒なら安心だし」

「経験者ったって、四か月しかいなかったもん。登山経験は新歓登山と、近場の山に何度か登ったくらいだよ？」

「それでも経験者だから！」

熱心に言う亜里沙の顔を見ながら、ほんと意外、とまた思った。アウトドア派には全然見えなかったのに、近ごろ接点もないわたしと山に登りたいだなんて。

けど、悪い話じゃないいな、とも考えた。

ひとりで槍ヶ岳に登る、と息巻いていたけど、登山部中退のわたしにソロ登山はかなり無謀だとわかってきたのだ。

三千百八十メートルの頂上まで、九時間半も歩かなきゃならない。一日では無理だから途中で山小屋に一泊し、二日がかりで登り続ける。長い道のりのラストに待ち構えているのは、高さ百メートルの岩壁だ。落石や滑落に備えてヘルメットをかぶり、鎖にしがみついたり、見上げるような高さのはしごを何か所もよじ登ったりする。

体力には自信があるけど、こんなところをたったひとりで登るのかと思うと腰が引けた。

部活ではなくソロで行くなら、もっと難易度が低い山から経験を積むべきかも。それに、最初は誰かと一緒に登ったほうがいいかも……と思っていたところに、この誘いだ。

願ったりかなったり。渡りに船。

「亜里沙、登山したことあんの？」

「小学校の遠足くらい」

「運動経験は？」

「ママの付き合いで、ときどきウオーキングをしているくらいかな」

ド素人じゃん……。かなり気持ちが萎える。えー、ちょっと待ってよ。難易度、めちゃくちゃ下げなきゃいけないじゃん、という言葉をのみこんだ。

最初の一歩だもんな。他に一緒に山に登りたがる友だちとか、いないもんな。しかたない。レベルちがいすぎだけど、ここは妥協するべきかもしれない。

「じゃあ、日帰りのゆる登山からだな……。登る山とかは、わたしに任せてくれる？」

「もちろん」

亜里沙が目を輝かせて、あごの下で両手を合わせた。

「ありがと。勇気出して声かけてよかったー」

手を振って別れた。


「あ、じゃあ連絡先、交換しとこっか。前のやつ機種変で消えてるし」

お互いスマホを出してメッセージアプリで友だちになり、わたしはA棟へ、亜里沙はC棟へ、手を振って別れた。


その夜わたしは、さっそく登山計画を立てた。ガイドブックを広げ、あまり運動経験のない女子でも登れる山を探す。けれど小学校の遠足レベルではつまらない。

ある程度、登山の経験を積め、しかも日帰りできる山――。キャンプするにはテントやシュラフや調理器具や食材など、重い荷物を背負って歩く必要があるから今回は見送りだ。

「これかな」

県の北部にある、鎌月岳。標高千七百十二メートル……といえば、かなりきつそうだけど、実際に登るのは八百メートルほどだ。というのも、ふもとからロープウエイが通っていて、標高九百メートル付近まで歩かずに行ける。

ロープウエイの駅から、整備された登山道を登れば、素晴らしい展望が登山者を待っています
……とガイドブックに書いてあった。

問題はふもとまで、公共交通機関だと長時間かかってしまうということだ。

電車とバスを乗り継いでいくと、本数が少なく接続も悪いから三時間半以上かかってしまう。日帰りということを考えると、早朝から行動しても間に合わないくらいだ。午後になると山は天気が崩れがちで、眺望を楽しめない可能性がある。

「そうだ、兄ちゃんに頼もう」

ポンと手をたたいて、独り言を言った。

大学生の兄ちゃんは、車の免許を持っている。大学も今は夏休みでバイトばっかりしているけれど、暇そうにしている日もけっこうある。兄ちゃんを拝み倒してロープウエイの駅まで送らせる。ここのロープウエイは夏休み期間中だけ、早朝から運行しているのだ。

楽できるところは楽して、時間的にもゆとりを持たせる。

登山計画は、これでどうだ？

登山計画　○行き先・鎌月岳
○日程・八月十七日　日帰り
早朝四時半出発（自家用車）→七時ロープウエイの駅着→七時半登山口着→十時半頂上着。昼飯＆休憩→十二時半下山開始（行きと同じルート）→十五時ごろロープウエイの駅着→公共交通機関を乗り継ぎ、十九時ごろ帰宅

「じいちゃん、しょぼい山だけど、とりあえず一緒にここに登ろ」

また独り言をつぶやいた。

# DAY 1

## 4:30a.m.

河合亜里沙（かわいありさ）

「これなら登れそう」

美玖（みく）ちゃんのメッセージを見終えて、スマホを置く。

登山計画は元登山部員が書いたものというより、遠足のしおり的だったけれど、自家用車とロープウエイを利用した日帰りでどこにも無理はなかった。

ママはなんて言うだろう。おない年の友だちと登山と聞いて、心配するだろうか。ううん、むしろ喜（よろこ）びそうな気がする。ママは私（わたし）が自立することを望んでいるから。

「亜里沙（ありさ）も来年は高校生になるんだし、そろそろしっかりしなくちゃね」

わりと私（わたし）に甘（あま）かったママが、しきりにそう言いだしたのは中三の夏休みのことだ。

ママの胸（むね）に「良性（りょうせい）のできもの」が見つかり、「乳（にゅう）がんになったらたいへんだから、念のため」入院して、切除手術（せつじょしゅじゅつ）を受けたころからだった。手術（しゅじゅつ）と聞いてものすごく心配したけれど、入院期間は四日ほどだったし、退院（たいいん）するとまもなく時短で会社にも行くようになってホッとしたものだ。

「私はしっかりしているよ。一学期の三者面談で、先生も言ってくれたでしょ？」

そう答えたら、ちっちっち、とママは人差し指を左右に振り、いたずらっぽく笑った。

「ママは知ってるわよ。学校の成績がいいほうで、なんでもほどほどにこなすから、先生的にはそう言うかもね。けど、実態は検索女王だから。知識はため込んでるけど実行力はいまいちだし。特に家ではママに頼りっきりだし」

ぐうの音も出なかった。さすが母親。はい、そのとおりです。

「まずは、自分の身の回りのことから自立しようよ。料理のレパートリーはゼロだし、部屋の掃除もめったにしないし」

「私だって、やるときはやるよ。この前ママが入院したときには、伯母さんちで掃除とかがんばったし」

「家でもがんばってくださーい」

笑顔でぽんぽんっと、私の肩を両手でたたく。

「うん、わかった。がんばる」

そうだよね、たいしたことなくてもいちおう手術したんだから。

まだ痛むこともあるだろうし、いろいろ手助けはしてあげないと。

そう思ってひと月くらいはがんばったけれど、ママは基本元気だったし、結局高校受験を理由に再び頼りきりになり、自立？　なにそれおいしいの、という状態で高校生になってしまった。

「もうっ、たまには親孝行しなさいよ。これでも更年期なんだから」

ときどき文句は言うけれど、あいかわらずママはサバサバしていて明るい。

いわゆるシングルマザーとして私を産んで、ひとりで働きながら私を育ててくれた。

寝っころがってテレビを見たり、だらだらスマホをいじっている姿なんて見たことがない。いつもくるくると立ち働いている。愚痴も人の悪口も、聞いたことがない。会社ではけっこう責任のある立場で、仕事はたいへんだろうと思うのに、家のこともきっちりやる。

自分でも自覚してるんだけど、私はママが好きすぎる。小さいころから、ずっと。

もうすぐ十六になる今も、むしろ、ますます好きになっていくように思う。

どんなに寄りかかってても受け止めてくれる。太い幹のような存在。

それなのに。


「あなた、これからもほんとのことは、亜里沙ちゃんには秘密にするのね」

ダイニングから聞こえてきた、伯母さんの声。

「言わないつもりよ。がんだったなんて言ったら、あの子、ショックを受けるもの」

そう答える、ママの声。

ボソボソとした低い声だったけれど、しっかりと耳に届いてしまった。

七月十日はママの誕生日で、伯母さんも一緒にちょっと高級なレストランでお食事をして、その夜伯母さんはうちに泊まった。

私は満腹で幸せに眠って、でもごちそうを食べすぎたせいか、のどが渇いて夜中に起きてしまって。

そしたら、ふたりの会話が聞こえてしまった。

「亜里沙はまだまだ頼りなくって、メンタル弱いところがあるから。きっと必要以上に心配しちゃうと思うんだよね」

「そう。でもあなた、なんでもひとりで背負いこんじゃダメよ。ストレスは体に毒なんだからね」

「ショックを受けてる亜里沙の顔を、見てるほうが体に毒だわ」

いつもと同じ、サバサバとしたママの声。

「幸い、早期発見だったしね。早期の乳がんは、生存率九〇％以上だって先生も言ってたし」

九〇％、九〇％。

私はその夜から、その数字を、必死に自分に言い聞かせた。

心配なんかしてない。ショックも受けてない。

だって、九〇%以上なんだから。

今だってほら、ママはこんなに元気そうなんだもの。

毎日朝早くから会社に行き、食欲だって旺盛だ。そのへんのおない年のおばさんより、ずっと若々しい。

残りの一〇%なんて、ゼロも同然だ。ない。ないないないない。

机の引き出しから、のど飴の袋を取りだした。ピーチ味とグレープ味のアソートだ。

薄ピンクのピーチ味を九つ出して、机に並べる。その横に紫色のグレープ味をひとつ、恐る恐る置いた。

ほら、九つあるピンクの圧勝。けれど端っこの紫が、やたらに目立って視界に入る。

やだ、見るのもやだ。グレープ味を口に放りこみ、がりがりと噛む。噛んでいるうちにどんどん不安になって、ついついスマホに検索ワードを入れてしまう。

『乳がん　早期　治る』

ママに「検索女王」ってからかわれるけど、いちばん手軽に知識を得られる方法だ。

ほうら、やっぱり。「早期なら九割は治る」って書いてある。なんなら、五年生存率、九八

%って書いてあるサイトもある。あ……、けどこっちには、十年生存率八〇%って書いてある……。

ママが言ってた九〇%以上って、ほんとうに確実な情報なんだろうか。わからない。

さらにいろいろ見てまわると、「乳がん闘病ブログ」なんてのも出てきた。「早期発見だったのに、三年後に再発しました」なんて言葉も見えた。

ぞっとする。

あわててスマホを裏返しにして、机の引き出しに放りこむ。

けれど、次の日になると、またついつい見てしまう。他の臓器に転移して、苦しい治療をしている人がいっぱいいる。薬のせいで髪が全部なくなっている人もいる。中には「永眠しました」と家族がかわりに書いて、ブログが終わっているものもある。

だんだん動悸がしてきて、顔がこわばっていくのがわかる。

ダメ、こんな顔。まるで、ショックを受けてるみたいじゃない？

「ショックを受けてる亜里沙の顔を、見てるほうが体に毒だわ」

ママの言葉を思いだす。私が知ってしまったことを、ママに知られてはいけない。体に毒になっちゃう。無理に笑顔を作ってパソコンを閉じる。

なのに一時間もするとまた見たくなって、取りつかれたように検索をかける。

ママが死ぬ可能性なんて、とてもじゃないけれど受け入れられない。どこかに「一〇〇%だいじょうぶ」と書いてあるのを、なんとかして見つけなければ。

ああ、苦しい。重たすぎる。ねえママ、私、今すごく辛い。

こんな現実、耐えられないよ。逃げたいよ。なんにも不安がなかったころに、戻りたいよ。お願い、誰か助けて。ママが死んだら私も死ぬ。

耐えきれなかった。聞いてから三日目の夜、「お願いだから死なないで」って言ってしまった。しかも泣きながら。

驚きと困惑が一瞬ママの顔に浮かんだけれど、すぐにいつもの表情になった。

「死なないわよ。もうー。なに言ってんの！」

明るい声を出すと、背中をさすってくれる。

「ママの場合は、悪性度も低かったし、全部きっちり取り切れてるし、治る確率はほんとうに高いの。心配ない。あと五十年くらい生きるから！」

やっと涙が止まった。そうだよね。ママは長生きするよね。よし、もう忘れる。不安なんか穴を掘って埋めて、二度と視界に入れないようにする。

けれど、「埋めた」と思っても、やっぱり不安は穴からモヤモヤ漏れてきて。

ある夜、またなかなか寝つけなくて、枕元のスマホを取りあげた。見るとメッセージアプリに通知が来ている。

「無料占い・強化週間。悩みのあるあなた、この機会にぜひ、あなたに合った占い師を見つけてね♪」

ああ、前に遊びで登録した占いサイトの宣伝だ。

なんとなくタップすると、いろんな占い師がズラズラ並んでいる。美魔女っぽい人がベールをかぶっていたり、目元だけ隠れる、蝶のような仮面をつけた男の人がいたり、異世界モードを漂わせている。

【当たりすぎて号泣！　星からのスピリチュアルレター☆】

【視えすぎ注意　奇跡の霊視鑑定】

【有名芸能人も行列　シャーマンの神業リーディング】

号泣とか視えすぎとか有名芸能人とか、なんだかなあ、と画面をスクロールするうち、ひとりの占い師に目が釘付けになった。

【もう、苦しまないで。あなたを救う開運アドバイス】

そのフレーズが、びゅんと心に飛び込んできた。占い師はふくふくとした丸顔のおばさんで、髪の毛を地味にひっつめている。占い師というより、お総菜屋の店員みたいだ。

でも、そこがかえって信頼できる気がした。

その写真をタップして、自分の名前や生年月日などを入力する。「鑑定」のところをタップすると、紫色の渦巻きが光りながら現れ、まもなくパッと結果画面が表示された。

「今のあなたは、深い悩みを抱えていますね。初めて直面する大きな問題です。即座に解決することはかなわず、不安に心がさいなまれ、苦しい日々を送っていますね」

当たってる！　思わずベッドの上に起き上がって正座する。

「しかし宇宙の視点から見ると、思考はそのまま現実化します。不安でしょうが、ポジティブな思考を保ちましょう。それが高次元の存在からのバックアップにつながります。心を落ち着け、魂を宇宙にゆだねましょう」

え？　え？　なんだか意味がよくわからない。結局私は、どうしたらいいわけ？

「具体的には次のふたつが、あなたのラッキーアイテムです。

ひとつは、山。山に登ってみましょう。大自然の波動があなたの不安を消し去るでしょう。もうひとつは、キラキラ光るものです。常に身につけていてください。きっとあなたに幸運をもたらします」

山と、キラキラ光るもの？　それが私のラッキーアイテム？

「最も大切なことは、他人のアドバイスに耳を傾けることです。疑惑の念は災いを呼びます。逆に心を開いて受け入れれば、魂は救われることでしょう」

「さらに詳しい鑑定はこちら↓」と書かれたところは、有料鑑定へのリンクだった。

スマホを放り出し、頭を抱える。

全然救われた気がしない……。

宇宙だの、高次元の存在だの、大自然の波動だの、次には開運の壺でも売りつけられそうな気がする。しかも「疑惑の念は災いを呼びます」って、なに？　信じて実行しないと、さらに不幸になるってことだろうか？　救われたくて占ったのに、かえって呪いをかけられたみたいだ。

ひと晩寝れば無料占いの内容なんて、どうでもよくなるはず、と思って寝たのに、起きてもやっぱり気になってしかたない。マジでメンタルをやられかけてるのかもしれない。だってこんなちゃちな占いが、頭にこびりついて離れないんだもの。

泣きそうになりながら引き出しをひっかきまわすと、コンパクトミラーが出てきた。フェイクジュエリーがついてキラキラしている。小学生のとき、当時の友だちが、誕生日プレゼントにくれたものだ。子どもっぽいと自分でも思うけれど、呪いの解消のためだ。これを持ち歩くことにする。

そして、山だ。

山登りに行け、なんて言われても、ひとりじゃ無理。ママを誘うにも、体に負担がかかったら心配だし、山登りをしている友だちもいない……。

あ、ちょっと待って。

同じマンションに住む、坂本美玖ちゃんのことを思いだした。小学校も中学校も同じで、陸上部で走り回っていた元気女子。

口調が強いところはちょっと苦手だけれど、行動的でなんでもパッパと決めてくれるところは頼りになる。

あの子今、登山部じゃなかったっけ？

すがる思いで話を持ちかけると、美玖ちゃんはあっさりと乗ってきてくれた。そして登山計画を立てて、メッセージで送ってくれたのだ。

ホッとする。これで呪いは消えたと思う。あとは山登りを実行すれば、すべてよい方向に向かう、と信じよう。

八月十七日。まだ暗いうちに起きて、寝ぼけ眼で身支度を整える。

「気をつけて楽しんできて。美玖ちゃんのお兄さんにもよろしくね」

ママと美玖ちゃんママは、ＰＴＡやマンションの理事会で一緒だったことがあるらしい。登山計画を見せて、美玖ちゃんは経験者で、美玖ちゃんのお兄さんが車で送ってくれて、山もそんなに険しくないということを説明すると、「安心安心」って笑顔になった。

「友だちと登山なんて、素敵じゃない！　若いんだから、新しいことにどんどん挑戦して世界を広げなくっちゃ」

ママは私が自分に頼らず、世界を広げていくことを——自立していくことを喜んでいる。でもそれって、万一自分がいなくなっても、私がひとりでちゃんと生きていけますようにって、願っているからなんじゃないの？

親子だから、わかる。ママはほんとは、自分が長生きしない可能性を考えている。いやだよ、いやだからね。

ママは自立していく私を見て安心したいんだろうけれど、私はママがずっと元気でそばにいてくれることで安心したいの。ママだけ安心しようだなんて、ずるいよ。

自立なんて、したくない。まだまだ甘えさせてほしい。友だちとの時間も大切だし楽しいけれど、それだけで生きていけるほどオトナじゃないの。

「ほらほら、これ、忘れもの」

ママの声に、ハッと我に返り、「なに？」と笑顔を作る。

「もう！　忘れないでよ。きのうわたしが焼いたパウンドケーキ。坂本さんちは車を出してくださるし、川上さんちは昼食を用意してくださるし、うちだけなにもなしってわけにはいかないんだから。ちゃんと三人で食べてちょうだいよ」

三人――。

実は最初、私と美玖ちゃんだけだったメンバーが、もうひとり増えた。

高校のクラスメイト、川上由真だ。出身中学は別だったけれど、席が近くてよく話すようになった。苗字が河合と川上だから、出席番号順に並ぶといつも前になったり隣になったりする。

塾の夏期講習にも一緒に行くことになって、さらに親しくなったのだった。

塾の帰り、ドーナツ屋に寄ったとき、登山のことをチラッと話した。もちろん、ママの病気のことや、占いのことまでは重すぎて話せなかったけど。

「へー、いいなあ、登山」

由真もんは、心からうらやましげな、うっとりとした声を出した。

「おいしい山ご飯を作って食べて、おしゃれなアウトドアチェアにもたれてコーヒー飲んで、帰りは温泉に入って、ご当地グルメを食べたりするんだよねー」

たぶんそれは、流行りのキャンプアニメのイメージで、食べること大好きな由真もんの願望でもあると思う。

由真もん、という呼び名は、熊本県発のクマのゆるキャラに似ているからだそうだ。中学が一緒だった人たちが、親しみを込めてこう呼んでいて、私もそれにならっている。

大柄でふっくらした体形と丸顔。笑顔がほのぼのしていて、やさしい性格の由真もんは、みんなに好かれている。癒やし系の由真もんと、山頂でおいしいものを作って食べたら、さらに癒やされるだろうか。けれど……、

「山ご飯作るには、ガスバーナーとか鍋とか食材とか、持って登らないとでしょ？　チェアはかさばるし、担いでいくのは初心者には無理じゃないかな」

「あ、そっか」

ドーナツをほおばりながら、由真もんはてへっと笑った。

「でもー、お鍋やチェアは無理でも、バーナーやコーヒーの粉くらいは持って登れるかも。あのさ、もしよかったらなんだけど……」

由真もんは遠慮がちに、けれどけっこう真剣な声を出した。

「あたしも一緒に連れてってくんない？　山の上でさ、コーヒー淹れて飲むの憧れなんだよね。それに……大自然の中で、無になってみたいし」

「無？　なにそれ。なんか、由真もんには全然似合わないよ？」

「だよね、あはは。けど、もし連れていってくれるなら、ランチにうちのパンを提供できる……かも」

「え？　いいの？」

由真もんの両親がやっているパン屋『ベーカリー・かわかみ』は、とてもおいしいことで有名だ。美玖ちゃんに相談すると、あっさり「いいじゃん」という返事が返ってきた。こうして登山メンバーは三人に増え、経験者の美玖ちゃんをリーダーにして、鎌月岳に登ることになったのだった。

「それじゃ、行ってくるから」

アルミホイルに包んだパウンドケーキを、リュックのいちばん上にそっと置き、ファスナーを閉めて背負う。つば広の帽子をかぶり、伯母さんのお古のトレッキングシューズの紐をしっかり結び、まだ暗い中マンションの地下駐車場に下りていく。そこで美玖ちゃんとお兄さんが車の中で待っているはずだ。

お兄さんは眠そうだった。あたりまえか。朝四時に起こされて、妹とその友だちのために運転手をさせられているのだ。けれど性格はよさそうで、私と由真もんをピックアップすると気さくに話しかけてくれる。

「鎌月岳ってさあ、あんまり有名じゃないマイナーな山だけど、混雑しなくていいよな。それにロープウエイ使うなら、体力もそんなにいらないし。頂上までのルートも、わかりやすそうだよな」

「……やっぱ、もうちょっと、難易度高めにすりゃよかった」

助手席で美玖ちゃんがつぶやいている。

「いや、後ろのふたりは初めてなんでしょ？　だったら十分じゃねえの」

「はい、あたしは十分です」

いつもの、のんびりした声で由真もんが答えている。

「お天気もよさそうだし、頂上で景色見ながら、コーヒー淹れて飲もうね。きのうコーヒー豆挽いて荷物に入れてきたから。うちのパン食べたらコーヒー淹れて、亜里沙ちゃんママのパウンドケーキを食べようね」

「うまそう。いいなあ」

「あ、ごめんなさい」

すまなそうに、由真もんが大きな体をすぼめた。

「お兄さんも一緒に、登れたらよかったのに」

「あ、俺、虫とか苦手だしインドア派なの。それに午後からちょっと行くとこあるし」

「カノジョとデートな」とぶっきらぼうに美玖ちゃんが言い、「ヒュ〜」と由真もんが茶化し、みんなで笑う。車内が明るい空気に満たされる。ずっとママのことばかり考えて、不安で固まっていた心が、少しほぐれてきた。

高速道路はガラガラで、車は順調にスピードを上げていく。五時を過ぎるころには白々と夜が明けてきた。夏の朝日がまぶしい。

鎌月岳のふもと、ロープウエイの駅に着いたのは、予定よりも三十分以上早かった。

「……ってわけで、迎えにまでは来られないからな。帰りは勝手に帰ってこいよ。遭難すんじゃねえぞ」

「しませーん」と私たちは声をそろえて返し、山道を下っていくお兄さんの車を見送ったのだった。

早く着いたおかげで始発のロープウエイに乗れて、六時四十五分にはもう鎌月岳の登山口に到着した。

「ひゃっ、けっこう涼しーい！」

ロープウエイから降りた由真もんが、両腕をクロスさせて身を縮めている。

「だからさー、長袖着てこいって連絡したよね、わたし」

美玖ちゃんが、ちょっとイラついたような顔をした。

「夏でもね、山って気温が低いんだから！」

思ったことがすぐ顔に出て、ズバズバものを言うのは、中学のときと変わらない。

「……けど、あたしって暑がりなんだ。ほら、皮下脂肪厚いから」

由真もんはおずおずと答え、

「それに、これから登山するんだから暑くなるんじゃないかな。だんだん日差しも強くなってきたし」

空を指さす。

たしかに八月の太陽は、夜明けとは全然ちがうパワーを放ち始めていた。富士山とかは知らないけれど、この鎌月岳くらいなら半袖でも行けるという気がする。いちおう三人とも、雨対策のレインウエアは持ってきたし。万一寒いときにはそれを着たらいい。

「まあ、そっかな。テントに泊まるわけじゃないしね。夕方までには下山するから、別にいっか」

　あっさりと美玖ちゃんは、前言をひるがえした。口調が強いわりにはアバウトなところも、中学のときとおんなじだ。

「んじゃ、ちょっと待って」

　背中から茶色い古びたリュックを下ろし、中をゴソゴソしている。素人の私から見ても、とても本格的な登山用リュックだ。子どもがひとり入れるくらい大きく、ベルトや紐やポケットがたくさんついている。

「日帰りなのに、すごいリュックだね」

　私が言うと美玖ちゃんは「じいちゃんの形見」とぽつりと言い、外ポケットから折りたたんだ白い紙を取りだした。それを登山口付近に設置された、鳥の巣箱みたいな箱に投函する。

「え？　ここから郵便出すの？」

　由真もんが不思議そうに聞き、「郵便じゃないよ。登山届」と、美玖ちゃんが答えた。

「そこまでの山じゃないけどね、いちおう登る人の名前や、今日の登山ルートなんかを提出しておくんだよ」

　さすが元登山部、と私は思った。アバウトなところもあるけれど、今日は美玖ちゃんがリーダーだ。全部任せてついていけばいい。

「はじめっから飛ばさないでよ。歩幅を大きくしないで、ちょこちょこゆっくり登るんだよ」

アドバイスしながら美玖ちゃんが、木の生い茂る登山道に向かっていく。

「オッケー！　ほら、由真もんも行くよ。写真ばっか撮ってないで」

ウキウキと景色を撮りまくっている由真もんを急かしつつ、美玖ちゃんのあとに続く。

鳥のさえずりが聞こえる。植物と土の香り。木々を揺らす風と群青色の高い空。

自然に包まれ、なにか大きな力を注入されているようだ。

山があなたのラッキーアイテムというのが占いの鑑定結果だった。あの言葉、なんだかほんとうになりそうな気がしてきた。

だんだん自分のテンションが上がっていくのを感じて、ふん、と息を吐いた。

# DAY 1

## 9:32a.m.

川上由真

はあっ　はあっ
山頂への最後の登り。階段状の登山道が、さっきからずうっと続いてる。

息が上がるけど、足は上がらない。パンパンの太腿を必死に持ち上げ、無理やり次の段にのせた。

「がんばってー」

おばさんの集団が、笑いながら追い抜いていった。あの年で、どんだけ鍛えてるんだろ。信じらんない。

写真を撮る元気も、すでにない。日差しがきつい。草と土に、自分の汗が混ざったにおいがする。

「もう……、無理」

後ろから亜里沙ちゃんの、弱々しい声が聞こえた。顔をゆがめて、両手を両膝の上に置いて、荒い息をついている。

「この階段……、エスカレーターに……してよ」

「ファイットォー！」

リーダーの美玖ちゃんが、振りかえって怒鳴った。

「山頂まで、あと少し。弱音吐かなーい」

「亜里沙ちゃん、だいじょうぶ？」

首にかけたタオルで流れ落ちる汗をぬぐいながら、あたしは声をかけた。

「荷物重いんじゃない？　ふもとでペットボトル買い足したし」

「ふぅん」

うん、とも、ううんともつかない声だ。

「リュック、貸して。あたしが持ったげる」

「え？　でも。それじゃ由真もんがたいへんじゃん」

「なんのなんの」

亜里沙ちゃんのリュックを背中から取って、自分の右肩にぶら下げた。ずしんと来たけど、なんとか耐えられそう。

「あんた、けっこうやるね」

美玖ちゃんが、振りかえった。

「ぽっちゃり系の人って、バテやすいかと思ってた」

「ううん、バテてるよ。でも、前に少し運動経験あるから、あたし」

「へー、なにやってたの？」

「柔道」

そう答えたとき、父さんの姿がぱあっと思いだされた。白い柔道着に黒い帯。あたしとよく似た丸顔と大きな体。クマの親子みたいな、父さんとあたし。

小さいとき、父さんの影響で柔道を始めた。黒帯だった父さんの遺伝か、あたし、けっこう強かったんだよ。けれど中二のとき、やめちゃった。

妹たちの育児で母さんがてんてこまいで、あたしが手伝わないと家事が回らなかったから。強いといってもインターハイだのオリンピックだの目指すほどじゃなかったし、だからもう別にいいやって思ったんだ。

双子の妹たちとあたしは、異父姉妹。世間にはすっごくよくある話で、母さんは父さんと離婚して、そのあと今のパパさんと再婚して、妹たちが生まれたっていうわけだ。

けどね、なーんかすごかったなあ。

あたしの家庭環境、それはそれはビュンビュン変わっていったんだよね。

母さんが父さんと別れたのは、小五の秋。

翌年、小六の冬に母さんは今のパパさんと再婚して、中一の冬には双子の妹たちが生まれた。

もう、笑えるよね。どんだけ、スピーディーなんだって。あまりの変わりっぷりに、あたし、ポカンとしてたもの。

父さんは中学校の国語の先生だけれど、パパさんはパン職人で、ベーカリーを経営している。

無口だった父さんとちがって、パパさんは気さくでおしゃべりだった。

大柄でクマっぽかった父さんとちがって、パパさんは小柄で若々しいイケメンだった。

パパさんと結婚した母さんは、とても幸せそうで、妹たちが生まれてからは、もっともっと幸せそうで。そんな母さんを見るのは、悪い気持ちじゃなかった。よかったねって思った。父さんといたころには、いつも顔が暗かったから。

二歳半になった妹たちも、キッズモデル並みにかわいらしい。四十なのに三十に見られる母さんとそっくりだ。そこに小柄で童顔のパパさんが加わると、仲良しのウサギの家族みたいに見える。

ウサギさん一家の中で、あたしだけがクマ。笑える。

はあっ　はあっ　はあっ
あえぎながら、山道を登る。

でもねでもね。五人家族で、ひとりだけクマだからといって、不幸ってわけじゃないと思うんだ。

母さんもパパさんも、いつもあたしにやさしくしてくれるもの。

妹たちと同じだけ、誕生日は盛大に祝ってくれる。今日だってお店のパンを、快くいっぱい持たせてくれたうえに、トレッキングシューズまで買ってくれた。

ひと月に一度は、父さんと面会できる。クマの親子で、テーマパークとか博物館とかスポーツ観戦に行って、帰りにはカフェでパンケーキなんか食べる。無口な父さんと会ってもそんなに話は弾まないし、心がウキウキするってわけじゃないけれど、なんか落ち着く。

ちっちゃいころからよく知った、あたしとおんなじような見た目の父さん。

でもあたしが父さんと会うの、もしかして母さんはいやなんじゃないのかと、思ったこともあった。「いいの?」っておずおず聞いてみたこともあったけど、「だって、由真の権利じゃん!」って言ってくれたから安心した。

パパさんも「お父さんと楽しんできて」と、いつも機嫌よく送り出してくれる。

風が吹いてきてかぶっている帽子が飛びそうになり、つばを押さえる。きのうの夜にパパさんが、貸してくれたものだ。

「山の天気は変わりやすいっていうから、これかぶってけば?　オレが昔使ってたキャップなんだけど、水を弾く素材でさ」

そのキャップは、あたしには全然似合っていなかった。小顔のパパさんにはぴったりだけど、あたしの頭と顔にはアンバランスだ。それに色が蛍光オレンジで、気恥ずかしいくらいド派手だった。

できれば遠慮したい。前にテーマパークで父さんが買ってくれた帽子があって、それをかぶっていこうと思っていたし。

けれど、「ありがとう」と言って、そのキャップをかぶって笑ってみせた。

パパさんがせっかく貸してくれたんだもの。いらないって言うのも悪くって。

あたしはね、せめて感じのいいクマでいたいと思うんだ。今の家族にいろいろ気を使わせたくない。心配とか迷惑とか、なるたけかけないようにしたい。

「あともうちょっと！　がんばれ！」

上のほうから、また美玖ちゃんが叫んでいる。

はあっ　はあっ　はぁぁー
視界が開けた。

登りきるとそこは、鎌月岳の山頂だった。

「わぁぁー」

自然に声が出る。

三百六十度、深緑色の山々に取り巻かれている。

ずっと下のほうに、蒼い水をたたえた湖と、ロープウエイの駅。

ぐるっと逆方向に視線を移すと、赤い屋根の建物が小さく見える。

すべてが下にあった。白い綿雲さえもが下だ。顔を上げると、群青色の空が近い。ここは、標高千七百十二メートルのてっぺんだ。

あんなに重かった足が、軽くなる。さっきまでの辛さがうそのようだ。遅れて亜里沙ちゃんも登ってきて、言葉もなく景色を見つめている。

「……登れたね」

しばらくして、ポツンとつぶやいた。

「来てよかった……。もうやだって思ったけど……。もしさっきの階段がエスカレーターだったら、今こんなに感動してないだろうね」

「あったりまえじゃん」

水筒のお茶をぐびぐび飲みながら、美玖ちゃんも笑顔だ。

「自分の足だけで登ってきたから、この達成感があるんじゃん。まあ、ほんとの初心者コースだったけど」

「これで?」

亜里沙ちゃんが目を大きくする。

「そだよ。道は整備されてるし、岩をよじ登るところもなかったし」

「そんなの無理だよー。私はこの山が限界。由真もん、ごめんね。リュック持たせちゃって」

「なんのなんの」と、亜里沙ちゃんにリュックを返す。自分のリュックも下ろして、水筒を出してがぶがぶ飲んだら空っぽになった。

美玖ちゃんに言われて、ふもとでペットボトル買い足しておいてよかった。水筒のお茶だけじゃ、とても足りなかった。二リットルのペットボトル、めちゃくちゃ重かったけど。

「ほらね、やっぱ水分は大事っしょ?」と、美玖ちゃんが笑っている。


それからあたしは他の登山客の人にスマホを渡して、三人の記念写真を撮ってもらい、さらに頂上からの景色も撮りまくった。今日のこの日を、しっかりと画像に残さなくては。今度会うとき、父さんにも見せたい。

「あんた、朝から何枚撮ってんの」と美玖ちゃんがあきれている。

「それくらいにして、ご飯にしようよ」

頂上からちょっと下ったところに窪地を見つけて、そこでランチをとることにした。腰かけるのにちょうどよい岩が、何個かある。

登り始めが早かったのと、けっこういいペースで登れたので、ランチといってもまだ十時前だ。けれど早朝におにぎり一個食べただけで、すでにお腹はペコペコだった。

「うまっ！　このヒレカツサンド、うまっ」

あたしが持ってきた店のパンにかぶりつき、美玖ちゃんが声を上げた。

「おいしいよぉ」

エビとアボカドのクロワッサンサンドをほおばりながら、亜里沙ちゃんは泣きそうな顔をしている。

「毎日こんなの食べられるなんて、由真もん、うらやましすぎ」

「ははは」ってあたしは笑った。

「毎日だと飽きちゃうよ。けど、そんなにおいしがってくれてよかった」

「なんだって、山で食べると三倍くらいうまくなるからね」

「ちょっと美玖ちゃん、失礼だよ。由真もんちのパンは、どこで食べてもおいしいんだから」

「あはは、悪い悪い」

ふたりの会話を聞きながら、あたしもエダムチーズとトマトのパンをかじる。

ほんと、家で食べるよりずうっと、ずうっとおいしい。

この景色も、風も、鳥の声も、すべてが調味料になっているのかも。

ぐるりと山々に囲まれて、大自然にすっぽりと抱かれている。

その中にいる、小さな小さなあたし。

なんでか、無になりたいって思って山に来た。そして今、たしかに無に近いっていう気がする。

このまま、しゅううっと山の空気になれそうだ。澄んで、透き通って、清らかな存在になれそうだ。

これが癒やされるって感じかな。「癒やし系の由真もん」って言われてるけど、それがどういう感覚か、自分ではよくわかんなくなってたんだよね。

とりあえず空腹を満たすと、お楽しみのコーヒータイムだ。

美玖ちゃんが大きなリュックから、ガスカートリッジを取りだした。まあるい爆弾みたいな形をしていて、底が平らになっている。

それを地面に置くと、今度はなにか金属でできた器具を取りだした。足みたいなものを四本、手で広げ、カートリッジに取りつける。またたくまに鍋をのせる部分——五徳っていうやつだ——に早変わりした。

パチンと点火ボタンを押すと、ポ、と音がして、青いガスの火がぐるっと点火する。そこにペットボトルの水を入れた小型の鍋を置く。

「お湯を沸かす間に、ドリップの準備だな。マグカップ出そうか」

それぞれが持ってきた、アルミ製やプラスチック製のマグカップを三個並べる。

美玖ちゃんがそのうちのひとつに、円錐形のドリッパーを置いてペーパーフィルターをセットした。

「由真もん、コーヒーの粉！」

「はいっ」

はりきって、チャック付きのポリ袋を取りだす。きのうの夜挽いたばかりの、コーヒーの粉が入っている。それをスプーンで慎重にペーパーフィルターに投入。美玖ちゃんが沸いたお湯を少しずつ回しかけ、ドリップを始めた。

「あー、いい香り」

うっとりとして、胸いっぱいにその香りを吸いこむ。三個のマグカップにコーヒーが満たされる。

「これ、好みで使ってね」

亜里沙ちゃんが、スティックシュガーとスティックパウダーミルクを出してくれた。

「あ、これも」

あたしもリュックをゴソゴソして、練乳のチューブを取りだした。

「え？　なにこれ？　いちごにかけるやつじゃん」と、美玖ちゃん。

「あ、知ってる！　ベトナムコーヒーでしょ」と、亜里沙ちゃん。

「ぴんぽーん！　練乳をたっぷり入れるとね、甘くってコクがあるベトナムコーヒーになるんだよ。あたしのマイブーム」

「カロリー、すげー高そう。太るだろ、それ」

美玖ちゃんはあたしを指さして笑い、「控えめに入れたらだいじょうぶだよ」と亜里沙ちゃんがフォローしてくれた。

日差しは朝よりずっと強くなっているけれど、頂上の気温は下よりかなり低い感じだ。登っているときには暑かったけれど、今は風が涼しい。

「憧れの山コーヒーを、今まさに飲んでるんだよね」

練乳を入れたコーヒーを、ちびちび口に運びながらつぶやいた。


亜里沙ちゃんママが持たせてくれたパウンドケーキも、しっとりとしておいしかった。コーヒーを飲み終わるころには、もうお腹はパンパンだった。

ケーキは半分ほど余り、パンもあとふたつほど残っていたけれど、今はこれ以上入らない。

ゴミをまとめ、コーヒーグッズと余った食料をリュックにしまう。

「あー、まだ十一時過ぎじゃん」

腕時計を見ながら、美玖ちゃんがつぶやいた。

「予定よりずうっと早いよ。このままだと一時半ごろには、ロープウエイに乗れちゃうかも」

「そんなに早く帰っちゃうの？」

亜里沙ちゃんが、ちょっと眉をひそめた。

「せっかく来たのに、もったいない気がしてきた」

「ご飯食べたら、疲れもとれて元気だし」

あたしもつぶやいた。

「もっといろいろ楽しめたらいいのに」

「だよね。ちょっと時間に余裕を持たせすぎて、やることなくなっちゃった」

美玖ちゃんも、腕組みをして考えこんでいる。

「あとは、来た道を下りるだけだしさ」

「……あ、こんなところがあるみたい」

スマホをいじっていた亜里沙ちゃんが、顔を上げた。山のてっぺんでも、電波は来ているらしい。

「来た道とは反対側の下山道に、津ケ原温泉っていう立ち寄り湯がある」

「そうなの？」と、美玖ちゃんがのぞきこんでいる。

「うん。ちょっと古い情報だけど、この温泉からロープウエイの駅まで、送迎バスが出てるみたい。だからこの温泉目指して、下りてみるのはどう？　ほら、さっき頂上から赤い屋根の建物が見えてたでしょ。きっとあそこだよ」

「ああ、あそこならロープウエイの駅よりも、ここから近そうだね」

「時間的にゆっくり温泉につかるのは無理かもだけど、足湯もあるし。名物は和栗のソフトクリームだって」

「いいじゃん！」と、あたしは身を乗り出して、ふたりの話に割り込んだ。

「行こう行こう、そこに寄って帰ろう」

「登山計画は変わるけど、悪くないね」と美玖ちゃんもうなずき、「けどこの記事の地図、おおざっぱだなー」と首をかしげている。

「そう？　じゃあ、今回はあきらめよっか。ちゃんとした地図がないと不安だし」

「いや、あきらめなくっていいよ、亜里沙。だってほら」

自分のスマホを取りだすと、あたしたちのほうに画面を向ける。

「地図アプリを入れてきたから。今、自分がいる位置がＧＰＳで表示されるし、周辺情報も把握できる。紙の地図なんかより、よっぽど便利だよ」

「そうだったよね！」と亜里沙ちゃんが言い、「やったぁ」とあたしも叫んだ。

みんな温泉とソフトクリームに思いをはせ、すっかり浮かれて拍手したのだった。


温泉方向への下山道は、行きとはちがい、あまり整備されていなかった。作業着のおじいさん二、三人と、さっきすれちがったくらいだ。

黄土色の斜面はざらざらした砂に覆われ、うっかりすると滑りそうになる。

「まっすぐに下りないで、足をちょっと斜めにして！　ジグザグに下りてくよ」

リーダーの美玖ちゃんの声に従って、慎重に下りていく。

しばらく下りると、大きな石がごつごつと露出した道に変わり、やがて林道になった。頭上にうっそうと、木々の葉っぱが広がっている。直射日光を遮ってはくれるけれど、薄暗い。

けれど古びた木の標識が立っていて、「津ケ原温泉方面」と矢印があるから、この道でまちがいない。いざとなったら美玖ちゃんの地図アプリがある。

チチチ、チチチと、時折鳥の鳴き声が聞こえる。

ジィィーと低く鳴き続けているのは、山の蟬だろうか。

足元に注意しながら、あたしたちは慎重に山道を下っていった。景色がちっとも変わらないまま、急な坂道を下るうち、

「あれ？」

先頭の美玖ちゃんが立ち止まった。

「これ、どっちに行くんだろ」

山道が二股に分かれている。どちらの道も、同じような幅の、同じような雰囲気の道だった。どちらが温泉へ行く道だろう。

「こんなときこそ、地図アプリの出番だね」

スマホを取りだし、操作し始めた美玖ちゃんが、また「あれ？」と首をかしげた。

「……なんで地図、出てこないんだよ。あ、しまった」

振りかえって、ぺろりと舌を出す。

「まずは最初に、地図をダウンロードしとかなきゃ使えないんだった。今やるから、ちょっと待って」

「ゆっくりでだいじょうぶだよー」

美玖ちゃんに声をかけ、ちょうどあった木の切り株に腰を下ろして休憩した。けれど、しばらくたっても、地図はダウンロードできないみたいだった。

「困ったな。電波が弱いんだよ。アンテナが一本だけ。それも、点いたり消えたりしてる」

少しイラついた顔で、美玖ちゃんが乱暴に画面をタップしている。

「ダメだー。何回やってもタイムアウトしちゃう。ねえ、ふたりにもこのアプリのこと、教えてたよね。スマホに入れてきた？　ちがうスマホなら電波が入るかもだし」

「ごめん」

あたしは謝った。

「美玖ちゃんがやってくれると思って、あたし入れてなかったよ」

「私も」と、亜里沙ちゃんも申し訳なさそうに答え、「でも、待って。今からアプリを入れてみるから」と、操作し始めた。

けれど、すぐに手を止めた。

「私のもおんなじだ……。アンテナが点いたり消えたりしてる。ねえ、由真もんのは？」

「……ダメ……。あたしのは全然アンテナ立ってない。格安スマホだからかな」

「美玖ちゃん、さっきの記事の地図なら、まだ見られるよ」と、亜里沙ちゃんがスマホの画面を見せている。

「おおざっぱだけど、分岐点くらいはわかるかも」

「んー」と美玖ちゃんは眉を寄せ、「……こっちみたいな気がする」

分かれ道の右のほうを指さした。

そしてそこまで歩くと、「あー、やっぱりこっちで当たりだ」と、あたしたちに手招きをした。

「ほら、見てみなよ」

道沿いの杉の木を指さす。

「この木の幹にピンクのテープが巻いてある。登山部の先輩が『ピンテ』って呼んでたやつだ。こっちが正しい道ですって示す、道標だよ」

「ほんとだー。美玖ちゃんが言うならまちがいないね。私、美玖ちゃんについていくから」

亜里沙ちゃんが言い、

「うんうん、あたしもついてく。和栗のソフトクリームなめながら、足湯につかったら天国だよねー」

あたしは再びテンションを上げ、右の下山道に足を踏み入れた。

しばらく下れば赤い屋根の温泉の建物が見えてくるはず、と思ってたのに、そんなものはどこにもない。歩くほどにだんだん道は狭く、さらに急な下り坂になっていく。木々の根っこがうねうねと露出していて、足を引っかけそうだ。他の登山客の姿はあいかわらずひとりも見当たらない。

「ねえ、ほんとにこの道で合ってんのかな」

美玖ちゃんに声をかけると、「うーん」と言って立ち止まった。

「わかんなくなってきた。これは引き返したほうがいいかも」

「え？　引き返すの？」

ハアハアと肩で息をしながら、亜里沙ちゃんが甲高い声を出した。

「引き返すってことは、すごい登り坂ってことだよね。だって今、こんなに下ってきたんだもの」

そのとおりだな。あたしも振りかえって、うんざりとした。

うねうねと急な登り坂が続いていくのが見える。下り坂は戻ると登り坂。あたりまえだけど、道っていうのはそういうふうにできている。

ペットボトルを取りだし、水をマグカップに注いでがぶがぶ飲んだ。下りでもこんなにのどが渇いたのに、これを登り返すのはもっとしんどいだろうな。

「もう少し下ったらスマホのアンテナも立つんじゃない？　そしたら地図アプリも使えるし。もしこの道で合ってたら、引き返すのもったいなくない？」

おずおずと提案してみたら、「……まだ十二時だな。じゃあ、もう少しだけ進んでみるか」と美玖ちゃんがうなずいてくれた。

亜里沙ちゃんと顔を見合わせホッとする。足湯でソフトクリームの図が、また頭の中に広がる。もう、それをしないでは帰りたくない。帰れない。

疲れた足は足湯を、再びすいてきたお腹はソフトクリームを、もうすっかりその気になって熱望しているから。

# DAY 1

## 12:28p.m.

### 坂本美玖

しばらく歩いても視界は開けなかった。

気がつくとわたしたちは、雑木林の中に入り込んでしまっていた。さっきから道らしき道も消えている。ごちゃごちゃに生い茂った木々が、行く手をふさいでいる。

スマホを出して電波を確認してみたけれど、完全に圏外だった。

「やっぱ、ダメだ」

わたしは立ち止まった。絶対まちがえてる。あの分かれ道の、ピンクのテープはなんだったんだ。正しい道を示す印だと思っていたけれど、ちがってたんだろうか。もしも樹木の管理をしている人が、「次に切る木」かなにかの目印に巻いていただけだとしたら？

「……引き返そう」

「えー」

服に着いた葉っぱをはたき落としながら、亜里沙が情けない声を出した。

「どうしても、引き返して登らなきゃダメ？」

「しかたないじゃん。とにかくさっきの分かれ道のところまで登り返す」

「……この道、まちがってたんだ……」

気落ちした様子で、亜里沙が太腿の前あたりをグーでたたいている。

「ずっと歩いてると足に来るね。もうへとへとだよ」

その声がうらめしげに聞こえて、ちょっとイラッとした。

たしかにピンクのテープに惑わされ、この道を選んでしまったのはわたしだ。それは申し訳ない。リーダーとして悪いことをしたなって思う。

けど、こっちに進もうとしたとき、あんたなんて言った？

「美玖ちゃんが言うならまちがいないね。私、美玖ちゃんについてくから」

そう、たしかに言ったよね。人任せにしておいて、あとから文句を言う。前からちょっと思ってたけど、この子、成績はいいけど人に甘えるタイプだよね。甘えておいて状況が悪くなると、全部人のせいにするんだよね。

ぐっとこらえて時計を見ると、十二時半だった。山頂を出てからもう一時間以上歩いている。

「わかった。ちょっと休憩しよう」

ベンチも切り株もなかったので、道端の落ち葉の上に三人で腰を下ろした。

「お尻が、冷たい……」

今度は由真もんが、情けなそうに言って立ちあがった。

落ち葉は少し濡れていて、直接座ると、お尻に水分が浸透してくる。

「ねえ美玖ちゃん、なんか下に敷くものとか持ってない？」

「持ってきてない」

無愛想に答えながら、しまったと思った。やっぱりエマージェンシーシートを持ってくればよかった……。

「エマージェンシー」なんてネーミングは大げさだけど、防水防寒機能のあるレジャーシートのようなものだ。万が一遭難したとき、これに包まると体が冷えず、雨風も避けられる。今みたいに濡れた地面に敷くことも、もちろんできる。

登山部の部室に何枚も常備されていたけど、退部したので使えない。どこかで買っていくかと思ったけど、今日は遭難の危険とはほど遠いゆる登山だし、別にいっかと思ってしまった。

コーヒー淹れるために、他にいろいろ用意するものが多かったし。ガスカートリッジとか、湯沸かし用コッヘルとか、ドリッパーとかペーパーフィルターとか、その他もろもろ。みんなわたしが用意してきたわけなんだし。

ちょっとふてくされた気分になる。これ以上わたしがドラえもんみたいに、なんでもかんでもみんな用意してくれてる、なんて思わないでほしい。元登山部ということで、いちおうリーダーってことになってしまったけれど、先生でもガイドさんでもないんだから。

——人任せにするやつ、地獄に落ちろ——

ふいに、トガちゃんのその言葉を思いだした。

登山部の部活のとき、よくそう言っていたのだ。

——誰かについていけばいい、とか、誰かがなんとかしてくれる、とか。そうやって人任せにするやつ、全員地獄に落ちるからな——

そうだそうだ、と思うと、つい口に出た。

「ねえ、なんでもかんでも、わたし任せにしないでほしいんだよね！」

ふたりの表情が、固まった。

「そりゃ、わたしがリーダーかもしんないけどさ、持ち物とか、地図アプリとか、道の選択とか、もうちょっと積極的に協力してくれてもよかったんじゃない。そしたら、こんなに無駄に歩かずに、今ごろは温泉についていたかもしれないじゃん」

「……ごめん」

「……ごめんなさい」

由真もんは目をキョトキョトさせ、亜里沙は口をとんがらせ、それぞれ小さく言うと黙ってしまった。シーンとする。気まずい時間が流れる。

ああ、またやってしまった。わかってる。悪いくせだ。

「おまえ、昔っから、脳と口が直結してるよな。そろそろ、考えてからもの言えよ」

この前も、兄弟げんかしたとき兄ちゃんに言われた。

登山経験のないこのふたりに、今厳しい言葉をぶつけてもどうしようもないのに。言うならもっと早く、準備段階で言っとくべきだったのに。ああ、どうすんだよ、この空気。

けど、謝るのもちがう気がする。

「まあ、いいや。これ、お尻の下に敷けば」

ぶっきらぼうに言って、ザックの中から大きめのビニール袋を取りだした。ゴミ袋として何枚か、適当に突っ込んできたものだ。

みんなでそれをお尻の下に敷いて腰を下ろし、後ろの木にもたれてしばらく休憩をとる。水筒のお茶やペットボトルの水を飲み、これもわたしが持ってきていた塩飴をなめる。

「ホッとするよねー。ありがと、美玖ちゃん」

飴を口の中で転がしながら、由真もんが笑顔を向けてくれる。

「ほんとほんと、ありがとね」と亜里沙も同調した。

気まずくなった空気が和らぎ、とりあえずホッとする。

「さあ、もう休憩終わり。さっさと山頂に戻って下山するよ」

「えー―?」

亜里沙がまた甲高い声を上げた。

「温泉は?」

「もう、無理じゃね? だって今、かなりタイムロスしちゃったもん。こっから登り返して、山頂に戻って、そこからまた八百メートルの標高差を下るんだよ。最終のロープウエイは五時半だからまにあうけど、温泉に寄るには時間がなさすぎ」

「和栗のソフトクリームが――」

由真もんも、心底がっかりしたように大きな体をすぼめている。

「しかたないよね。美玖ちゃんの言うとおりにする」

亜里沙が悲しげに言って、がりがりと塩飴を噛んだ。

休憩して少し疲れもとれ、わたしたちは再び立ちあがると、来た道を戻り始めた。

来た「道」といっても、道らしき道を来たわけではないから、記憶を頼りに雑木林の中を引き返しているだけだ。

けれど、かなり登り返しても「ああ、ここだった」という地点が見つからない。

「こんな木、あったたっけ?」

ハアハア息を切らしながら、亜里沙が指さす。

幹に苔がへばりついていて、葉が茶色く枯れている。

「……あったような……なかったような」

由真もんが木を見上げながら汗をぬぐい、わたしも首をかしげた。

来たときにも見た気はする。いや、けれどあの木はもっと、高かったような……。それに、わたしが見たのは、たしか杉の枯れ木だよね? この木はもみの木に見える。っていうか、杉の木ともみの木って、どうちがったっけ?

頭がごちゃごちゃしてきて上を見上げる。いろんな木のいろんな葉っぱがわさわさと覆いかぶさり、魚眼レンズで見ているように感じてクラッとした。

枝々の隙間から、わずかに空が見える。空はいつのまにか曇って、薄くもやがかかってきたように思う。

登山部では「ガスが出ている」とか「ガスってる」と言っていた。午後になると山はよくこういう状態になる。光が弱い。木々にさえぎられて鎌月岳の山頂が、どこにあったかもわからない。

「とにかく進むよ」

ぶいぶいと小さな羽虫が顔にまとわりついてきて、うっとうしい。手で払いのけながら、上へ上へと登っていく。けれど坂道はだんだん平らになり、やがて下り坂になった。

おかしい。わたしたちは頂上からここまで、ずうっと下ってきたんだ。来た道を引き返せば、ひたすら登り坂のはずだ。

「待って……、ねえ、待って。美玖ちゃん、ペース速すぎ」

後ろから、亜里沙の苦しそうな声がする。

「あ、悪い」

振りかえって立ち止まる。

正しいルートを見つけなければと、無意識に早足になっていた。つまり無意識に焦っている。

落ち着け、落ち着くんだ、わたし！

深呼吸して立ち止まる。

「この道、またまちがえてない？」

のんきな声で由真もんが言い、亜里沙は不安そうにこちらを見ている。

「ん――」

言葉に詰まる。そのとおりだ。というより、完全に道に迷っているというのが、正解なんじゃないの？

道に迷ったときは……、道に迷ったときは……。

そうだ、まずは自分が今いる場所を特定することだ。祈る思いで、スマホをポケットから出してアンテナを確認したけれど、やはり一本も立っていない。地図アプリさえ使えれば、一瞬で現在地がわかったはずなのに。

登山部の勉強会を、必死に思いだそうとする。退部を決意したあの日、部長が黒板に図を描きながら、スマホなしで、現在地を特定する方法を説明してたっけ。

たしか、コンパス……方位磁石を体の前に持ってきて、はっきりわかる頂上とか、尾根とかに矢印を合わせて……。それから、度数線の数値がどうたらこうたらで、磁北線を引いた地図をなんたらかんたらで……。

あっ、忘れた。だいたい、わたしはこの勉強がいやで登山部をやめたんだ。

もしその方法がわかったとしても、紙の地図もない。コンパスだってない。

つまり今いる場所を特定する方法はひとつもない、ということだ。

ドクンドクン、と心臓が強く打ち始めた。歩き疲れたからじゃない。脳内にアラーム音が鳴り響いていて、それに心臓の筋肉が反応している感じだ。

やばい。これはマジで、やばい状況なんじゃないの？

胃のあたりが、ずしんと重くなる。

自覚はしてたんだ。気が短くて、深く考えずに行動してしまう自分のことを。

中学のとき陸上部で、「イノシシみたいにガーッと走ればいいってもんじゃないぞ」と言われたことを、ぼんやりと思いだした。

じいちゃんの死で、わたしは生まれて初めて、胸が引き裂かれるような経験をした。心にできた傷は膿んでじくじくと痛み、いつまでたっても治らなかった。

早く治したい一心だった気がする。だから、ガーッと登山部に入部して、ガーッと退部し、ガーッと登山計画を立てて、ガーッと地図なしで山に登って……。

「……ちゃん、美玖ちゃん！」

ハッとして顔を上げる。由真もんが、のぞきこんでいた。

「あのさあ」

緊張感のない、穏やかな顔と声だ。

「頂上に戻る道、わかりにくいしさー。いっそもう、このまま下ってしまえばいいんじゃないの？　そのほうが早くない？」

「あー」と、わたしはボンヤリした頭で答えた。脳内のアラーム音は、あいかわらず鳴り響いているけれど、やばいと認識すればするほど、頭はどんどん霞がかかったようになっていく。

亜里沙も疲れた顔でうなずいている。

「そうだよね、頂上まで戻るには、まだまだ登らなきゃならないんでしょ？　それだけ登ってまた下るって、ある意味回り道じゃないの？　私、体力持たないかも。下りながら、どこか見通しのいい場所から、温泉の建物を探せばいいんじゃない？　赤い屋根だから目立つし」

「あー」

「だからそこを目指して下って、温泉から送迎バスでロープウエイの駅まで行くほうが、疲れないし早く帰れるよ」

「あー」

「亜里沙ちゃん、かしこい！」

由真もんが叫んで、例のゆるキャラみたいな笑顔になった。

「そうしようよ、なんとかなるよ」

いやいや、ますますやばいだろ。

ぼうっとした頭で考えた。下れば見通しのいい場所に出るのか？　出たとして、そこは温泉の建物が見える位置なのか？　ちょっと楽観的すぎだろ。絶対、他の方法を考えたほうがいい。

けれどいくら考えても、よい方法はなにも思いつかない。それに、「やばい」と焦るより、「なんとかなる」と思うほうが、ずっと元気が出る気がした。

そうだ、元気は大切だ。第一、わたしから元気を取ったらなにが残る？

今までの人生、褒められる言葉は、「元気がいいねえ、美玖ちゃんは」だった。あるいは、「威勢がいいねえ」とか。

わたしは小学生男子なのか。江戸っ子なのか。

そんなひとりツッコミを入れながら、そういう自分が嫌いじゃなかった。ウジウジ悩んで暗くなるよりずっとましじゃん、って思ってた。

そうだ。暗くなってはいけない。悩んでもますます、迷路にはまるだけだ。

「……とりあえず下ってみるか」

ついにわたしは、そう言った。

「まあ、きっと、なんとかなるよね」

けれどやはり、なんともならなかったのだ。

薄暗い林の中を、木の根につまずかないよう悪戦苦闘して下っていき、やっと木が少なくなってきたなと思ったら、今度は藪の中だった。背の高い草や名前も知らない低木が、びっちりと行く手をはばんでいた。

「無理、こんなの無理」

藪をかき分けたとき、細い枝が当たったらしい。頬に薄くひっかき傷ができた亜里沙が、悲鳴を上げた。

「あたしも無理。半袖だし」

由真もんも、露出した腕を押さえている。だから、長袖着てこいって言ったじゃん、と怒鳴りたいのをこらえて、林の中に撤退する。

別の方向へ進んでいくと、今度は大きな岩がゴロゴロした場所に出た。

あいかわらずあたりはガスっている。温泉の建物なんて、どこにも見えない。見えるのは、両側の切り立った斜面と空だけだった。水は流れていないけれど、ここは尾根と尾根との間の、深い谷のようだった。

時間だけがたっていく。

疲労がずっしりと体にのしかかってきた。

ザックが重い。背中も肩も痛い。

なにしろ今朝は四時に起きている。六時四十五分に登山口に着いてから、休憩タイムをのぞき、ずっと登ったり下りたりしているのだ。

体はぐったりしているのに、頭はカッカと燃えているようだ。脳から変な物質が出て、勝手に体を動かしている気がする。ときどき水を口に含みながらひたすら歩き続ける。

「えっ、うっそ!」

後ろで亜里沙が、声をはり上げた。振りかえると、自分の腕時計を見て固まっている。

「も、もう……、三時半過ぎてる」

「え？　マジで？」

わたしも腕時計を見る。ほんとだ。三時四十分。もう夕方じゃないか。無我夢中で、そんなにたっていたとは思わなかった。まるで、時空間の切れ目に落ち込んで、タイムスリップしたみたいだ。

——最終のロープウエイは五時半——

そのことを思いだす。みんな、めっきり無口になった。

間に合うのか？　ロープウエイの駅がどこにあるのか、さっぱりわからなくなっているのに？

あと一時間五十分のうちに、たどりつけないとしたら？　こんな山の中で日が暮れて、真っ暗になってしまったとしたら？

不安と焦りで、ぞわっと全身の毛が逆立つような感覚に襲われる。口の中が、いやな味になる。

由真もんは空気を変えようとしたんだろう。目をキョトキョトさせ、おどけた声を出した。

「あたしたち、なーんか遭難してるみたい！」

わたしは笑えなかった。今いちばん、聞きたくない言葉だ。ちがう。ちょっと道に迷っているだけ。遭難なんかじゃない。

この気持ち、前にも経験したことあるような気がする。

そうだ、あの朝、じいちゃんが死んだという連絡を受けたときだ。

そんなはずないじゃん。こんなの現実じゃないよ。

死んだなんて、ありえない。とても認められない。

考えたら、あそこからずうっと逃げたくて、受け入れたくなくて。なかったことにしたいと思って、登山部に入って。

なのに、なんてことだろう。また受け入れたくない、シビアな現実にからめとられてしまっている。

どうする？　どうしたらいい？

ふたりの顔を見た。あきらかに体力を消耗した顔だ。「道に迷ってるだけ」なんてレベルは、とっくに超えている。

ふっと、トガちゃんの声が聞こえた気がした。

――いいか。迷ったときには苦しくても登れ。楽して下るとドツボだからな――

ああ、なんで今ごろ、この言葉を思いだしたんだろう。思いだすならもっと早く。さっき、「下ればなんとかなる」って考えたときに思いだせよ。

自分で自分の頭をなぐりたくなる。

わたしは……わたしたちは、楽して下ってドツボ——つまり見通しのきかない谷——に入りこんでしまった。登れば尾根に出て見通しもよくなるし、スマホの電波だって入りやすくなったかもしれないのに。

けれど、これが現実だ。どんなに受け入れたくなくても、これが現実だ。

「ねえ、落ち着いて聞いて」

からからの、のどから声をしぼりだす。ふたりに対して。そして自分に対して。

登山部中退といっても、わたしはリーダーで、このふたりよりは山の知識がある。落ち着け、自分。今こそしっかりしなければ。

パーンと、自分の横っ面を自分ではたいた。痛い。けれど気合は入った。

亜里沙があっけにとられた表情で、わたしを見ている。

「……最終のロープウエイには、たぶん間に合わないよ。もしかすると、今晩はビバークしなきゃならないかも」

「ビバークってなに?」

由真もんが、汗まみれの顔で聞き返してくる。

「野宿ってこと」

「ええっ」

ぽかんと口を開けて固まってる。しばらくして、

「野宿ってことは、今晩は帰れないってこと？」と、また聞き返してきた。

「そうなるね」

「そんなの困る！」

由真もんが、こんな悲愴な顔をするのを初めて見た。びっくりする。

「ちゃんと、今晩中に帰らないと。家が大騒ぎになるじゃん！　親に迷惑かけちゃうじゃん！」

「そうだよ！」

亜里沙も顔を上げ、金切り声を出した。

「野宿なんて軽々しく言わないで！　そんなことしたら、ほんとに遭難してるみたい。ニュースになるよ。SNSで叩かれるよ。勝手に山に登ったんだから自己責任だ、人騒がせな、って言う人が必ずいる。それに、救助隊にお金も払わなくちゃやだし」

「え？　お金？」

「うん、ネットで読んだことある。ヘリコプター飛ばしたり、大勢の人で捜し回るのにお金がかかるんだよ。遭難した人が、すごい大金を請求されたって書いてあった」

「……そんなお金、親に払わせるなんて……」

由真もんが、半泣きの顔になった。

「歩こう。きっとそのうち、ロープウエイの駅に着くよ」

「私もそれに賛成」と、亜里沙も同調した。

「第一、今日中に帰らないとママが心配するもの。心配しすぎて、体調が悪くなったらどうすんの？　そんなの困るんだから！」

そう言い捨てて、岩がゴロゴロする坂道を下っていく。

唖然とした。

ふたりとも、なんでそんなに親のことを気にするわけ？

どんだけ親孝行なんだよ。それよか自分の心配をしろよ。今はむやみに歩き回るより、休んで体力を温存すべきだよ。

「ふたりとも、ダメだよ！　これ以上歩いても無駄だから」

必死に叫ぶ。

「ちょっと！　リーダーの言うことを聞いて」

けれど、ふたりはなにかに取りつかれたように、どんどん下りていくのだった。

結局、赤い屋根の建物なんてどこにも見えないまま、空はオレンジ色に染まってきた。時計を見ると五時三十分。たぶん、あと一時間と少しで日は沈む。

そして今、最終のロープウエイが下っていったことだろう。

亜里沙も由真もんも、岩だらけの地面にぐったりとしゃがみこんでいる。疲労と不安で、もう口もきけないようだった。

「だから言ったじゃん！　人の言うこと聞かないから、こんなことになるんだよっ」

思わずふたりに向かって声を荒らげ、さらに非難の言葉を浴びせたいのを必死に我慢して、押しとどめた。とにかく明るいうちに、ビバークできる場所を見つけなければ。

ビバーク、と言葉は軽めだけれど、事態は深刻だ。こんな来たこともない山の中で、ひと晩を過ごすのだ。

そのうえテントもない。シュラフもない。地面に敷くマットもない。エマージェンシーシートもない、というないないづくし。いったい全体、どうしたらいいのか。

すがる思いで周囲を見わたす。両側の切り立った斜面の一部に、ややゆるやかに見える場所がある。細いけれど、しっかりした木が何本か生えている。

「あそこから、登ってみよう」

ふたりは光の消えたような目で、わたしを見上げた。

「……もう、動け……ないよ」

「じゃあ、ここでひと晩寝れば！　ここじゃ、雨風もしのげないけどね。地面は岩だらけで横にもなれないけどね。いいんだね！」

「やだ……」

「いやなら歩きなっ」

叱咤激励してふたりを立たせ、木の幹につかまりながら斜面を登ってみると、やや平らな地面にたどりついた。木が二、三本、重なり合うように倒れており、周りには柔らかな草がまばらに生えていた。

そばには名前はわからないけど、何本かの木が枝葉を広げて立っている。少々の雨風は防いでくれるかもしれない。

「ここなら、なんとか……」

わたしは、へなへなと膝が折れた。ホッとしたことと極度の疲労で、そのままへたりこむ。亜里沙も由真もんも同じらしい。立ち木の根元に倒れ込んでいる。少しの間そうしているうちに、ますます日は傾き、あたりは薄暗くなっていく。

真っ暗にならないうちに、できることをしなければ。

「水、あとどのくらい残ってる？」

それぞれが荷物を下ろして確認する。

水筒のお茶はすべて飲みきってしまい、朝に買い足した二リットルのペットボトルの水が、一本と五分の一くらい残っていた。これだけか……。

夕方には山を下りられるはずだったから、計画どおりであれば十分の量だった。けれど、今となってはあまりに少なかった。ひとり分、せいぜい八百ccくらい。これでは、節約してもあと一日も持たない。

いや、ネガティブに考えるのはやめよう。明日、帰ればいいのだ。なんの問題もない。

「とりあえず水分補給するよ！」

水をマグカップに一杯ずつ、配給して飲んだ。ふたりともまだ飲みたそうで、わたしも同じだったけれど我慢した。貴重な水を、今ここで全部飲み干すわけにはいかなかった。

「今日のお昼の残り物もあったよね。出して」

ふたりはノロノロと指示に従い、亜里沙はパウンドケーキの残りを、由真もんはパンの残りを、それぞれ出した。

「とにかく、食べて元気出そう。残っててよかった」

パウンドケーキ半分。

それから、くるみとレーズンのパン、大きめのメロンパン。

疲労と不安で、おいしいのやらまずいのやらもわからなかったけど、体は栄養を欲していたのかガツガツと食べた。

「あー、なんか、ホッとした。まるで遭難みたいだったもんね」

由真もんが言う。

まるで、じゃなくて遭難だよ、と思ったけれど口には出さなかった。出したくもなかった。

亜里沙は自分の荷物から、なにやらキラキラしたコンパクトミラーを取りだすと、それで自分の顔をにらむように見ている。

「なにが『幸運をもたらします』よ」

「え?」

「なんでもない」

ミラーをぱちんと閉じ、投げやりな調子で言う。

「着替えの服もないし、顔も洗えないね。こんなに汗かいたのに」

「我慢して」

イラつきながら、そう返す。顔を洗う水なんかどこにあるというんだ。飲料水が足りなくなっているときに。

亜里沙はため息をつき、そして「明日はなんとかなるかな」と不安そうにわたしを見上げた。

「なるよ」

ペットボトルのふたを閉めながら答えた。ならなければ詰む、と心の中でつぶやいた。

「とにかく、今日はここで過ごして、明日こそ帰るよ。あ、その前に雨具を着て。夜は冷えるから、防寒のために」

それぞれ雨具を取りだした。わたしと亜里沙のは、上下セパレートのレインスーツだったけれど、由真もんのは百均の、薄いビニールのレインコートだった。

なんとか皮下脂肪でしのいでくれ、とわたしは思った。

## DAY 1

### 8:43p.m.

河合亜里沙

日が沈んでも、空はまだぼんやりと明るかった。けれど、時間がたつほどに暗がりが忍び寄ってきて、あたりはグレイになり、ダークグレイになり、墨色になっていく。

視力は徐々に奪われていき、とうとうなにも見えなくなった。

目を開けているのに、視界は黒一色だ。すぐそばにいるはずの由真も美玖ちゃんも、顔の前にかざした自分の手のひらすらも、

「見えない……、見えなーいっ」

パニックになった。こんな暗闇は生まれて初めてだった。

まるで闇が、首を絞めてくるみたい。怖い、苦しい、息ができない。

夜中でも、私の部屋の天井には黄色い常夜灯が点いている。マンション七階の窓からは都会の街並みが見えて、朝までチラチラ明かりが灯っている。

それなのにここにはひと粒の光もない。雲で覆われているのか、月も星も見えない。

「なんとかしてよぉ」

ザザーッと風が吹き、木々が揺れる音がする。なにも見えない中、音だけがおどろおどろしく耳に突き刺さって、さらに恐怖をかきたてた。

「怖いよ。怖すぎる」

隣で由真もんもうめいて、私に体を寄せてくる。その腕にしがみつく。由真もんも私の腕をつかんできて、お互い抱き合った。由真もんの体が小刻みに震えている。

パッと明るくなった。反射的に顔を上げると、美玖ちゃんの姿が見えた。

頭にぐるっとストラップが巻かれ、おでこの真ん中に光が灯って、あたりを照らしている。

「ヘッドランプ」

自分の頭を指さして、美玖ちゃんがポツンと言った。

「登山部では必需品でね。いつもこれだけは忘れんなって言われてて。その習慣で今回も持ってきて、ほんとよかった」

「明かり、あったんだ……」

心の底から、安心がこみ上げてきた。

「うん。けどね」

パチッと光が消えて、再び闇が戻ってきた。

「やだ！　もいちど明るくしてよ」

「ダメッ」

厳しい声だった。

「なんで？　どうして明かりがあんのに、点けてくれないの？　意地悪しないでよ！」

「この状況で、意地悪なんかしてどーすんだよ」

怒ったような、けれどいつもとちがう、かすれた小さな声だった。

美玖ちゃんも怖いのかもしれない。私たちと同じくらいに。

「……このヘッドランプ、卒業した先輩のおさがりなんだ。もらってから一度も電池を替えてないから、いつまで持つかわかんない。むやみに点けたら、いざというとき点かなくなる。ふたりとも、他に懐中電灯とか持ってんの？　持ってないんでしょ？」

そばで由真もんが、無言でうなだれた気配がした。私も黙りこんだ。そんなの持ってたらとっくに点けている。

「お手洗いに行きたいときは言って。そのときだけこれを貸してあげる。これを頭につけて、どこかそこらへんに行って用を足してきて」

そこらへんで用を足す……。そう、その犬みたいな行為を、私は今日すでに経験していた。谷をさまよっているとき、トイレに行きたくてどうしようもなくなったのだ。岩の陰で、私たちはかわるがわる用を足した。

またあの恥ずかしい行為をするのか。人間なのに。女子高生なのに。

ああもう、なにも考えてはいけない。恥ずかしいだのなんだの、言ってる場合じゃない。ここは深い山の中。トイレなんて、どこにもないのだから。

闇の中で私たちは、倒木にもたれて身を寄せ合った。雨具を着こんだおかげで寒さは感じなかったけれど、そうしないと闇の恐怖にまた叫びだしそうだった。互いの温もりだけが、命綱だった。

「眠れないね」

そばで由真もんがささやく声に、無言でうなずく。体は疲れきっているのに、神経が高ぶって眠れない。目をつむっても開いても変わりない闇の中で、ただただ明かりが恋しかった。

「……お手洗い行きたいから、ヘッドランプ貸して」

たいして行きたくなかったけれど、明かり見たさにそう頼む。ずいぶん時間がたった気がする。闇に耐えるのはもう限界だ。美玖ちゃんが点けて、差し出してくれたヘッドランプを自分の頭に装着して、用を足しに行く。

明るい。足元がちゃんと見える。それだけでホッとする。

草がまばらに生えた地面を少し歩き、斜面に生えている木の下まで来た。そのとたん、

「きゃあっ」

足元から枯れ葉が飛び立った。心臓が止まりそうになる。

「ななな、なに？」

ヘッドランプの光に照らされたのは枯れ葉じゃなくて、茶色と白の混じった蛾のようだった。羽をばたつかせ、私にまとわりつくように飛び回っている。

「あっち、行って！」

着ていた雨具を脱いで振り回し、なんとか追い払う。

気を落ち着かせ、用を足すため木の下にしゃがみこむ。

ここで素肌を出すのはほんとうにいやだ。また変な虫が、今度は皮膚を刺してくるかもしれない。どうかなにも来ませんように。そして音やにおいが、みんなに届きませんように。

祈りながら超特急で用をすませ、また虫に驚くのはいやだから、足元をよく見ながら元の場所に帰ろうとする。

ヘッドランプに照らされた地面に、きれいな青色のものがあるのが見えた。なんだろう。青というより瑠璃色で、片手にのるほどの大きさだ。闇の中で、その瑠璃色は宝石のように美しくて、誘いこまれるように顔を近づける。

——小鳥の死骸だった。瑠璃色の翼はまだ生きているようにつややかなのに、頭のあたりはもう朽ちかけて、目は穴になっていた。足はまっすぐに伸びて硬直しており、先っちょは枯れたもみじの葉みたいに、チリチリと丸まっている。

声も出さずに立ちあがると、私はふたりのもとに駆け戻った。無言でヘッドランプを美玖ちゃんに返し、由真もんの腕にしがみつく。朝までもう二度とトイレに行かない。全身がアルコール綿でふかれたように、スウスウゾクゾクしている。

いやだ。私はああなったりはしないよね？

ちゃんと生きて、明日はこの山を下りられるよね。

キョキキョキョキョ　キョキョキョキョキョキョ

真っ暗闇の中、今度は得体のしれない音が聞こえてくる。

鳥の声？　カエルの声？　それともなにか別の生き物？

「あれ、なに」

聞いたけど、ふたりともわからないのか黙ったままだ。考えたらこんな山の中、なにがいたって不思議じゃないんだ。

危険生物だっているかもしれない。イノシシとか、毒ヘビとか、クマとか……。

恐怖がお腹の底から湧き上がってきた。

もしも、もしも、クマなんかに襲われたとしたら？

ひとたまりもなく、かみ殺されてしまうだろう。そしてさっきの小鳥みたいな、ううん、もっと悲惨な死骸になる。胃がギュッとひきつり、吐きそうになる。ますます眠れない。

「こんなとこ、もうやだ。私、帰る。帰りたい」

口に出すとますます怖くなってきて、悲鳴のような愚痴が止まらない。

「いやだよお。なんで？　なんで、こんなことになっちゃったのよぉ」

「うるさいっ」

また美玖ちゃんに怒鳴られた。


固い地面の上で由真もんにすがりつきながら、それでもほんの少し、眠ったようだった。

チョチョッ　チョチョッ　チョチョチョチョ
知らない鳥のさえずりが聞こえる。目を開けると、あたりはほんのりと明るい。やっと夜が明けたんだ。

明るいって、なんて安心なんだろう。

開けた目から、知らず知らず涙がこぼれる。夜は怖かった。ほんとうに怖かった。

天気は曇りのようだけれど、朝が来たというただそれだけで、救われた気がする。

今日こそは帰りたい。どうしても帰るんだ。ママに会いたい。

体を起こすと、ずきんと背中に痛みを感じた。

「いった……」

耐えながらそろそろと立ちあがると、足も腰も痛い、肩も痛い。全身の筋肉や関節が悲鳴を上げている。疲れはとれるどころか、ますます重く全身にのしかかってくるようだ。

――遭難――

その言葉がふいに頭の中でぐるぐる回って、また吐きそうになった。

なんでこんなことに、なっちゃったの？　遭難って、冬の雪山かなにかで起こることじゃなかったの？　こんな夏の山で、しかもロープウエイの通った標高二千メートルもない山で、遭難なんてありえないよ。けれど実際、こうして山の中で野宿して一夜を過ごし、帰る道もわからなくなっている。

やっぱり遭難？　でもどうしても、その言葉と今の自分を結びつけたくない。

「お腹減ったね……」

由真もんがロボットのように、ギシギシと屈伸運動をしながらつぶやいた。

「和栗のソフトクリームも食べられなかったしね」

「そんな、のんきなこと言ってる場合じゃないよ」

美玖ちゃんが怒った声を出した。

「みんな、とにかく、食べられるものをここに出してみて！」

そんなことを言われても、パウンドケーキもパンもきのうの夜に食べつくしていた。私のリュックに残っていたのは、コーヒー用のシュガーと、パウダーミルクのスティック。それぞれ七～八本だけだった。美玖ちゃんのリュックからは、塩飴の残りが十数個と、バランス栄養食のビスケット、四本入りがひと箱。

これだけ？　また、不安がのど元を絞め付けてくる。

三人でこれだけの食料で、今日を過ごすわけ？　万が一、もしも万が一、今日中に帰れなかったとしたら？　水だってそんなに残ってなかったのに？

「これもあるよ」

由真もんが出してきたのは練乳のチューブだ。由真もんしか使わなかったので、ほとんど残っている。

「いいね。これ、高カロリーだ」

美玖ちゃんが、それを取り上げてホッとした顔をした。なんだか無性にムカムカとした感情がせりあがってきた。

きのう由真もんがこれを出したとき、「カロリー、すげー高そう。太るだろ、それ」って、からかうように笑ったのは誰でしたっけ？

「……あのとき道さえまちがえなければ、こんなことにはならなかったのに」

口から、また言わなくてもいい言葉がこぼれ出た。

「ピンクのテープは正しい道を示す、なんて、ちがってたじゃん」

美玖ちゃんの顔がこわばった。唇の端が下がり、くしゃくしゃになったショートヘアを指で乱暴にかきむしった。

「全部わたしのせい？」

「……そうは言ってないけど」

「言ってるじゃん。あー、ごめんね。こんなリーダーで。でもさー、温泉だのソフトクリームだの、予定外のとこに行きたがったの、誰でしたっけ？　わたしに文句言う暇があるなら、無事に帰れる方法、ちょっとは考えたらどうなんだよ！」

ああ、失敗した。自分で自分の口をつねりたくなる。言ってもしかたのないことを言って、美玖ちゃんを怒らせてしまった。もう気持ちがぐちゃぐちゃだ。どう収拾していいのやらわからない。目に涙が盛り上がってくる。

「わ、私たち……素人なんだよ。美玖ちゃんが……、経験者だっていうから安心してついてきただけじゃん」

「は？　わたしついてこいなんて、ひとことも言った覚えはないよ。そもそも山に連れてってくれって、最初に頼んできたのはあんたなんじゃ……」

「ありゃりゃー」

調子はずれな由真もんの声が、美玖ちゃんの言葉を遮った。

「あたしのスマホ、電源が入らないよ」

「……そりゃ、あんだけ写真撮ってたもん。バッテリー切れでしょ」

美玖ちゃんがこわばった顔のまま、投げやりに言う。

「でも、だいじょうぶだから！　あたし、予備のモバイルバッテリー持ってきたもん。これで充電できるよ。みんなのもやっておく？」

「ほんとに？　あんた、グッジョブじゃん！」

美玖ちゃんの表情が、少しほぐれた。

「実はどうしようかと思ってたんだよね。わたしのもかなり減っちゃってるし。どこか電波が入るところにたどりつけたとして、そこまでスマホのバッテリー持つかなって」

「ほんとだね。由真もん、ありがとう……、ありがとね」

私も心の底から感謝した。モバイルバッテリーを持ってきてくれたことも。

それから私の不用意な言葉で、めちゃくちゃになった空気を和ませてくれたことにも。

「なんのなんの」

丸顔に笑みを浮かべ、由真もんはリュックをゴソゴソして、黒い接続ケーブルを取りだしている。

「これ持ってきたこと、きのうの夜思いだせばよかった。そしたらスマホのライト機能も使えたかもなのに、パニクってたから思いだしもしなくてさ。これでモバイルバッテリーとスマホをつなげば、すぐ充電できるからね」

片方の端をバッテリーに差し込み、もう片方をスマホに差し込もうとして「あれ？」と、手を止めた。

「なんで？　差し込み口に入らないよ？」

「……ちょっと、見せて！」

私はそのケーブルとスマホをひったくり、つなごうとして絶望した。

「これ、タイプがちがう。大きさが合わないから入らない。由真もん、なにかちがうもののケーブルと、まちがえて持ってきたんじゃないの？」

「ええっ」

あわてた様子で、ぼうぜんとケーブルの先を見つめている。

「ほんとだ……。これ、スマホにつなぐ線じゃなくて、母さんのハンディ扇風機の線だったかも」

「あー、もう！」

美玖ちゃんが頭をかきむしった。

「なんだよっ。ぬか喜びじゃん！」

「ごめんなさい。ごめんなさい」

「……由真もん、謝んないで」

丸まった大きな背中をさする。

「私だって、いっぱいまちがえてたもん」

そうだ。まちがっていた。さっき、美玖ちゃんを責めるようなことを言って、チームワークをぐちゃぐちゃにしかかったことも。なんにも考えず、人についていけばいいと思っていたことも。

どうしていいやらわからないけれど、このままじゃ昨夜の小鳥みたいになる。いやだ、あんなふうになるのはいやだ。

深呼吸して気持ちを落ち着かせようとする。こんなに必死に深呼吸したのは、生まれて初めてだ。

スーー　ハーー　スーー　ハーー

もうボロボロだけど、メンタルもやばいけど、落ち着かなきゃ。そして考えなきゃ。私の脳、お願いだから働いて！

「あの……、あのね。まずは、これ以上バッテリーを消耗しないよう、美玖ちゃんと私のスマホの電源、落としたらどうかな」

小学生レベルの提案だったのに、美玖ちゃんはうなずいてくれた。

「そだね、そうしよう。ときどき、どっちかひとりが電源を入れて、アンテナ立ってないか確認すればいい。大切な連絡手段だから、バッテリーを温存しないと。さ、気持ち切り替えていこうぜ！　とりあえず水飲もう」

ペットボトルから少量ずつ水を飲み、残りの塩飴を分け合って口に含んだ。バッテリーもだけれど、水も食料もできるだけ節約しなければ。

そうして私たちは、かわるがわるそこらへんで用を足し、ぎしぎしときしむ体にリュックを背負うと再び歩き出したのだった。

今日こそ、家に帰れることを祈りながら。

きのうの、岩だらけの谷に下りることは避け、私たちは木につかまりながら上へ上へと斜面を登った。きのうの疲れで足はパンパンだけれど、そんなことを言ってる場合じゃなかった。

「そう……なん……だ。迷った……ときには、苦しくても登るん……だね。楽して下る……と、ドツボなんだね」

あえぎながら由真もんがつぶやく。

「うん。きのう、下ってるときに思いだせばよかったよ。トガちゃんがそう言ってた」

後悔の念が混ざった美玖ちゃんの声。

人生みたい、と考えた。迷ったときほど、楽になりたいのが人間だ。私もそうだったんだよ。だから山に来ちゃった。

ママががんっていう現実から逃げたくて、どうしていいやらわかんなくて、うさんくさい占いにすがった。楽になりたい一心で登山に来た。その結果がこれ。

次からは苦しくても登ろう。

荒い息を吐きながら、私は思う。

現実はどんなに不安でも、受け入れるしかなかったんだ。受け入れずに逃げようとしたから、神さまがさらに過酷な現実を与えてきたんだ。

神さま、私は今のこの状況を受け入れます。もういっぱいいっぱいだけど、すべてがいやだーって叫びそうになるけれど、耐えます、我慢します。

だから、だから、お願いです。

どうか私を、今日中にママのいる家に返してください。

ママは今どんなに心配しているだろう。心配しすぎて、がんが再発したら私のせいだ。

「あ――！」

いきなり、美玖ちゃんの大声が上から降ってきた。

なに？　今度はなんなの？

「登りきったと思ったら……なんだよ、これは」

遅れてたどりついた私の目に入ったのは、あたり一面のササ原だった。

ササ原というより、ササの海みたいだった。大型のササが、遠くのほうまで生い茂っている。

ササの海はゆるやかな登り斜面になっていて、ずうっと向こうに林が見えた。

「道もないし……とにかくあの林まで出よう。このササをかき分けていくしかないな」

美玖ちゃんが先頭に立って、ササ原に突入していく。由真もんがあとに続いていく。

ササの背丈は高かった。私たちの背丈と変わらないくらいだった。ちゃんとついていかないと、姿を見失いそうだ。必死にササをかき分けかき分け、進んでいく。

ガサガサ　ガサガサ
「痛っ」

頬を押さえる。ササの茎が枝のようにしなって、ピシッと頬を打ったのだ。

「痛い！」

前を行く由真もんも悲鳴を上げ、立ち止まって手のひらを見ている。のぞき込むと、小指の側面あたりから血が出ていた。半袖から出た腕も傷だらけだ。ササの葉や茎で切ったんだ。

「だいじょうぶ？」

「なんのなんの」

由真もんはへらっと笑うと、ぺろぺろと傷をなめ、また前に進んでいった。あとを追う。

足元はべちゃべちゃと湿っていて、密集したササのせいで次に足を出す地面が見えない。しかもゆるやかとはいえ、登り斜面。

腕でササをかき分けながら登っていくと、息が切れ、汗が噴き出してくる。体に熱がこもって重りをつけたようだ。

だいたい今日は朝から、少量の水と飴数個しか口にしていない。睡眠だってろくにとれていない。けれど、ここで止まるわけにはいかないのだ。一歩ずつでも足を出し、このササの海を抜けなければ。

ピシッ
再び、ササの茎に顔を打たれた。ヒリヒリと頬が痛い。触ると血がついてきた。

私も皮膚を切ったかもしれない。同時に視界がかすんだ。

「あっ」

声を上げる。

美玖ちゃんと由真もんが振りかえる。

「どうしたの？」

「……ううん、なんでもない」

首を横に振ったけど、うそだった。今の茎の一撃で、左目のコンタクトが落ちたのだ。けれどこんなササの海の中で、落としたコンタクトが見つかる可能性なんてゼロに近い。

だいじょうぶ、右目には入っている。ちょっとかすむけれど、なんとか見える。

再びササをかき分けて進む。かすんだ目でササの海を見ていると、車酔いしたような気分になってきた。しっかりしろ。亜里沙、しっかりしろ。

なのに今度はガツッとつま先になにかが当たり、膝がぐねっと変な方向に曲がった。そのまま捻じれた状態で、勢いよく転ぶ。地面の石かなにかに、足が引っかかったんだ。

「亜里沙？」

「亜里沙ちゃん！」

ふたりが助け起こしてくれる。

「ケガはない？」

幸い、ササがクッションになってくれたらしい。肩を少し打ち、手のひらを軽くすりむいただけだった。けれど立ちあがると、左膝の内側に鈍い痛みが走った。

「膝、痛めた？」

心配そうな美玖ちゃんに、「ううん、どうってことない」と、私は答えた。

ほんとは痛かった。普段だったら悲鳴を上げているだろう。

けれど、こんなところに座りこんでいても、どうしようもない。

そろそろと一歩を踏み出してみる。痛いながらなんとか歩ける。よかった。骨とかはだいじょうぶな気がする。

がんばれ、亜里沙。がんばるんだ。絶対にママの待つ家に帰るんだ。


悪戦苦闘の末、ようやくササの海を抜け、林のほうに出た。

美玖ちゃんが、スマホを出して電源を入れている。祈るような顔で画面を見て、「ダメだー」と声を上げた。

「やっぱりアンテナ立ってないや。ねえ、亜里沙のスマホはどう？」

「見てみる」

リュックのサイドポケットを、傷だらけの手で探る。

「あれっ？」

スマホがなかった。もう片方のポケットにもない。

「あれ？　あれ？」

焦ってリュックのファスナーを開け、中をかきまわす。上着のポケット、パンツのポケット、どこにもスマホは見当たらなかった。

「……もしかして……、さっき転んだとき落としちゃった？」

由真もんが悲しげな顔で聞いてくる。

「そうかも」

答えたとたん、涙がこぼれ出た。ふいてもふいても、涙は止まらなかった。

なんで？　神さま、あんまりです。

私、こんなにがんばってるじゃないですか。こんな厳しい現実に、必死に立ち向かってるじゃないですか。それなのにさらに深い谷底に、ぽーんと突き落とすだなんて。

手も頬も傷だらけ。コンタクトは片方なくなり、スマホもなくなり、膝もさっきから、さらに痛みが増してきている。

ご飯も食べてない。水も少ししか飲んでない。

ねえ、どうしたらいいの？　これ以上いったい、どうしろっていうんですか？

張りつめていたメンタルが、とうとうブチンと切れた。

いやだいやだ、もう、こんなところはいやなんだよぉ。

助けて。誰か私を助けてよぉ。

「だいじょうぶだよー、だいじょうぶだよー」

由真もんが歌うように言いながら、背中をさすってくれている。

「しっ！　ちょっと静かに！」

美玖ちゃんの声がした。

「ねえ、音が聞こえない？」

私は顔を上げた。由真もんも真剣な顔で、耳を澄ませている。

ババババ　ババババババ
ほんとうにかすかな、小さな音が聞こえたような気がする。けれどそのとき風が吹き、ザザァと林の木々を揺らした。

かすかな機械音はかき消された。

「……でも、たしかに聞こえたよね」

かすかな希望が首をもたげて、私はつぶやいた。救助ヘリの音だったような気がする。もう、お金なんかどんだけかかってもいいから、助けに来てほしい。

「うん、あたしも聞こえた気がする」

由真もんが、コクコクとうなずいている。

「救助隊の人が、あたしたちを捜しているんだよ！　きのう帰らなかったから、みんなの家族が警察に連絡したんだよ。きっと、きっと、そのうち見つけてくれるよ」

「あー、けど、音が遠すぎるよなあ。もっとこっちに来てくれなきゃ」

イラついた表情で空を見上げ、美玖ちゃんはポツンと言ったのだった。

「……あれかなあ。登山届に書いたルートとちがうルートを下りたからなあ……。こっち側じゃなくて、山の反対側を捜してるんだろうなあ」

ああ、と落胆のため息が出た。きのうの朝、ポストに登山届を投函していた美玖ちゃんの姿を思いだした。あれには同じルートを往復する計画が、書かれていたはずだ。それが温泉に立ち寄るために、反対側のルートに下りて道に迷った。

そしてそれを提案したのは、他でもない、この私。

エエーン　エエエーン
再び泣けてきた。子どもみたいに、声をはり上げて泣いた。

「泣いてる場合かっ」

美玖ちゃんに怒鳴られても、涙も声も止まらないのだった。

# DAY 2

## 11:49a.m.

## 川上由真

亜里沙ちゃんのリュックを肩にかけて、反対側の腕で手を引いてあげた。

泣き疲れた亜里沙ちゃんは、無言であたしに引っぱられて、ノロノロとついてくる。

「膝、だいぶ痛い？」

聞くとふるふると首を横に振った。うん、のろいけどなんとか歩けてる。どうかこのまま、痛みがおさまりますように。

「……由真もん、ごめんね。だいじょうぶ？」

小さなかすれ声で、亜里沙ちゃんはつぶやいた。

「また荷物持たせちゃって」

「なんのなんの」と、あたしは笑顔を作った。

「こんなくらい、なんてことないよ。心配ない」

ほんとは、あんまりだいじょうぶでもなかった。

きのうからの疲労は確実にたまっている。足は鉛のようだし、なんだか頭もふわふわと霞がかかったようだ。のども渇いている。口の中がねばねばしている。

けどね、ごめんねとか、だいじょうぶ？　とか言われると、なんのなんのって笑顔で答えちゃうんだよね。ほとんど条件反射みたいに。

それは小学生のころ好きだった、アニメのヒロインの口癖だった。

舞台は昔の架空の国で、その子は貧しい農民の娘だった。支配者から虐げられる生活の中、農民たちは武器を持って立ちあがる。平凡な女の子だったその子は、厳しい訓練に耐え、弓の達人になり、みんなのリーダーになっていく。そして、なにか辛いことが起こるたび、「なんのなんの」って笑うんだ。

他の登場人物はその笑顔に癒やされて、また戦う力が湧いてくる。素敵って憧れた。あの子みたいになりたいって思った。

岩だらけの谷を歩きながら、母さんの声を思いだす。

「由真、ごめんね」

「由真、だいじょうぶ？」

小さなころから、何回聞かれたっけ。

父さんと母さんが大げんかした夜に。

母さんがあたしを連れて家出した日に。

父さんと母さんが、正式にお別れしたあとに。

転校して、いつのまにか上の名前が変わっていたときに。

憧れのヒロインの真似をして「なんのなんの」と言ってあげると、母さんはすごくホッとした、嬉しそうな顔をする。その顔が見たくて「なんのなんの」って言い続けているうちに、母さんはだんだん「ごめんね」も「だいじょうぶ？」も言わなくなった。

きっとね、いちいちそんなこと言わなくたって、あたしはだいじょうぶな子だって信頼してくれたんだと思うんだよね。光の速さでパパさんと再婚しても、それからすぐに双子の妹たちを産んでも。

「……んたって、……だね」

先頭を行く美玖ちゃんが、振りかえってなにか言った。

頭がぼうっとして、よく聞き取れなかった。

「へ？」

聞き返したら、「あんたって、タフだね」

美玖ちゃんの言葉が、今度はちゃんと聞こえた。

タフ。

強くて、がんじょうだっていう意味だろう。あたしは癒やし系で、タフ。

ほんとに？

亜里沙ちゃんの手を引きながら、考える。

あたしはほんとに、そんな人なんだろうか？　あのアニメの、弓を引くヒロインみたいに、強くてがんじょうで人を癒やす人になれているんだろうか？

それならなぜ、こうして山に来たんだろう。どうして、無になりたいなんて思ったんだろう。

自分のことって、結局いちばんわからない気もするんだよね。

しゅうっと透き通って空気になってみたいなんて、思ったのはなぜなんだろう。それからあのとき、あんな気持ちになったのはどうしてなんだろう。

中三の秋、さあこれから受験だっていうころ、ちょっとした事件が起きた。隣のクラスの女子が、朝に校門の前でふらっとしゃがみこんだんだ。前から保健室登校が多い子だった。

ちょうどあたしはその場に居合わせていて、あわてて駆け寄った。助け起こそうと腕を引っぱったとき、見えちゃったんだよね。

その子の手首に、何本も平行に走った傷跡を。

リスカの跡だって、すぐにわかった。前からそういう噂、聞いてたしね。

よく自分で自分の皮膚を切ったりできるね、と思いながら、その傷跡がどうしてだかくっきり目の奥に焼きついて、忘れられなくて。

気がついたらその夜、カッターで自分の腕の内側を薄ーく切ってたんだ。長袖だと見えにくい、手首と肘の中間あたりを。

ちょっと痛かった。けれども、プツッ、プツッと、小さな赤い血の玉が浮かぶように出てくると、なぜだかうっとりとした。

きれいな赤いブレスレット。あたしだけのブレスレット――。

そのとき、タンタンと階段を上がってくる音がして、「由真ー、お風呂入っちゃいなさいよー」と母さんの声がした。ハッと我に返ってティッシュで押さえる。赤く染まったティッシュを見てゾッとした。

なんでこんなことを！　なにやってんの、あたし。

皮膚を切ってうっとりするなんて、おかしくない？　もしかして心の病気ってやつ？

ううん、ちがう。

ぶるぶると首を横に振った。ただの好奇心だから。あの子のを見て、ちょっと試してみたくなっただけだから。

リスカは二度としていない。やったことも忘れようと努めている。思いだしそうになると、甘いチョコだのクッキーだの食べて、意識を食欲にそらしている。だからますます太るのかもしれないけれど、食べていると気持ちが落ち着く。

ん？　ひょっとして食べることも、あたしにとってリスカと同じようなもの？

あの日以来、あたしはあたしのことが、ますますよくわからない。

薄暗い林の中をえんえんと歩くうち、いつのまにかまた藪になり、かき分けながらそこを抜けると再びササ原に出た。

ササ　ササ　ササ
緑色の細長い葉っぱが、何万も風に揺れている。

これは、さっきのササ原にまた戻ってきてしまったってこと？　それとも、また別のササ原？

わからない。どっちにしても、もう一生分のササを見た気がする。

「わたし、七夕飾りなんか二度と飾んない」と美玖ちゃんもつぶやいた。

ササ原を避けて、再び林道に戻る。無数のササをかき分けるより、まだ林の中がましな気がした。とにかく登っていけばいい。坂道があれば上へ、上へ。

けれど暗い林の中を歩き回っていると、今自分が歩いている道が、登ってるんだか下ってるんだかさえ判断できなくなってきた。わからないまま、さまよい歩いた。まるで、夢遊病の患者になったみたいだった。

時計を見ると、もう一時半だった。早朝から塩飴をなめただけで、えんえんと歩き回っていることになる。もう、疲れているのやらいないのやらも、よくわからなかった。

そして気がついたら、また谷に出ていた。これも、きのうの谷かちがう谷かもわかんない。ただ両側は切り立った斜面で、水は流れてなくて、大きな岩がゴロゴロしていることは同じだった。

急にピキッと、右のふくらはぎに痛みが走った。ひきつるような痛みに、あたしは持っていた亜里沙ちゃんのリュックを落っことして、しゃがみこんだ。

「由真もん!」

亜里沙ちゃんが、悲鳴のような声を上げて助け起こしてくれたけど、もう「なんのなんの」という言葉さえ言えなかった。

筋肉がきゅうっと突っぱって、痛みで冷や汗まで出てくる。

駆け寄ってきた美玖ちゃんが、「どうしたの!」と叫んでいる。

口がきけない。うめきながら横たわって、片手でふくらはぎを押さえた。

「足がつったね」

言うなり美玖ちゃんはあたしの足先を持って、むこうずねのほうへぐっと曲げてきた。激痛に悲鳴を上げる。

「我慢して」

しばらくそうしているうちに、痛みは少しだけましになってきた。

「どう？　立てる？」

聞かれて起き上がろうとする。けれど、今度は体に力が入らなかった。全身の筋肉が、職務を放棄したみたい。寝ころんでじっとしているのに、視界がゆらゆら揺れている。めまいというものだろうか。

「……シャリバテかも」

美玖ちゃんがあたしの足をマッサージしながら、難しい顔をしている。

「シャリバテ？　もしかして、お腹がすきすぎてエネルギーが涸れちゃったってこと？」

亜里沙ちゃんが聞き返している。

「うん。それに、脱水にもなってるかもしれない」

美玖ちゃんはリュックから水のペットボトルを出し、自分のマグカップに注いで差し出してきた。

「由真もん、飲んで」

「あんまり飲みたくない。気分悪い」

「それならなおさら飲まなきゃ！」

あたしの上半身を起こすと、無理やり口元に持ってくる。もうろうとしたままそれを飲んだ。なんとか飲みきれた。

「もう一杯飲んで」

美玖ちゃんは再びマグカップに水を注ぐと、「ねえ、亜里沙、スティックシュガー残ってたよね？」と声をかけている。

「う、うん」

「出して、早く！」

二杯目の水は甘かった。たぶん美玖ちゃんが、水に砂糖を溶かしてくれたんだろう。おいしい、と急に思った。がぶがぶと息もせずに飲み干した。しばらくすると体調が少し回復してきた。力が抜けた感じもめまいも、おさまってきた。

「……なんか、単純すぎるよね。お腹減って動けなくなるなんて、恥ずかしいよ」

小さな声でつぶやいたら「そんなことないっ」って、亜里沙ちゃんが泣きながら抱きしめてくれた。汗に濡れた髪の匂いがした。

「ごめんねごめんね。私のリュックまで持たせちゃって。だからこんなに疲れちゃったんだよね。私が由真もんに甘えたせいだよ。ほんとにごめん」

「なんのなんの」と、あたしは答えた。

そうしてなぜだかわからないけれど、急に鼻の奥がツンとした。この山に来て初めて、あたしはちょっと泣いたのだった。

崖の脇の大きな岩陰に移動して、あたしたちは休んだ。あたしはもう泣き止んでたけど、亜里沙ちゃんはまだメソメソしている。

「泣くな」

美玖ちゃんが、硬い声でそう命令した。

「……だって……だって……」

「無駄に水分、出さないで！　亜里沙まで脱水とかになったら面倒だから」

「……面倒ってそんな言い方……」

「あーもうっ！」

美玖ちゃんは体操座りをしたまま、自分の頭を抱えている。ずうっとそうしたまま動かない。

「だいじょうぶ？」

そろそろ寄っていって、背中に手を当てると、背中が時折しゃっくりのように動いている。伏せた顔をのぞき込むと、鼻をすすりながら泣いていた。

美玖ちゃんまで……。美玖ちゃんまでもが泣いている。

もう、どうしていいやらわからなくなってひたすら背中をさすると、小さく「ごめん」という声が聞こえた。

「登山部の落ちこぼれのくせに、リーダーなんて笑わせる。わたしは疫病神だよ。わたしのせいで……わたしのせいで……」

「そんなことないよ。美玖ちゃんはがんばってくれてるよ」

「でも……じい……ちゃん、だって……」

また小さな、とぎれとぎれの声。

「なに？　じいちゃん？」

「なんでもない」

頭を振ると顔を上げた。ごしごしと目をこすりながら空を見上げて、それから自分のリュックを開けてなにか取りだしている。二リットルのペットボトル、最後の一本。もうすでに、七割くらいに減っている。

それから、バランス栄養食のビスケット、四本入りの箱も出してきた。

「これ食べて、水も飲もう。あ、それから由真もん、練乳のチューブも出して」

「え？　でも、節約しないと。食料なくなったら詰むよね？」

「体調崩して途中で動けなくなったら、どっちにしても詰むよ。とにかく元気になって電波のあるところまで歩かなきゃ。スマホ一台になっちゃったけど、電波さえあれば助けを呼べる」

そして美玖ちゃんは、それぞれのマグカップに水を注いだ。あたしはさっき飲んだから、ほんのちょっぴりにしてもらった。

その水に練乳をにょろにょろとしぼりだし、かき混ぜて飲んだ。こんな飲み物飲んだことないけれど、夢中になって飲み干した。それからビスケットを一本と三分の一ずつ。全身の細胞がぱくぱくと口を開けて、その栄養を吸収していくようだった。

そうだ。ここでへばっていてはいけない。美玖ちゃんの言うとおり、電波のあるところにさえ出れば助けを呼べるんだから。

けれど、谷は行っても行っても谷だった。どこまで歩いても、電波が入る場所は見つからなかった。

さっき補給した水分と栄養は、あっというまに消費しちゃったみたいで、再び空腹と疲労がのしかかってくる。ただノロノロと足を前に出すのが精いっぱいだ。

時計を見ると、もう四時半を回っている。四時半ってこんなに暗かったっけ？　日没までに、電波のある場所にたどりつけるだろうか？

パツン

顔になにか、冷たいものが落ちてきた。

ポツン　パツン　ポツン
「雨？」

か細い声で亜里沙ちゃんがつぶやく。

「あー」

空を見上げた美玖ちゃんが、気落ちした声を出した。雨は小降りだったけど、急に風が強くなってきた。濃い灰色の雨雲が、けっこう速いスピードで上空を流れていく。

「雨具、着て」

あたしは、リュックから百均のレインコートを取りだして着た。薄いビニールのレインコートは、風にハタハタとはためいて着にくかった。着てからも、風にあおられてめくれあがった。隙間から雨が入ってくる。寒い。

ふたりみたいに上下セパレートの、もっといい雨具を持ってきたらよかったなあ、とあたしは思った。


結局、その日も野宿することになった。

岩石が転がる谷を必死に探し回り、崖がえぐられたようになっている場所を発見した。大きな岩がひさしのように上にかぶさっていて、真上からの雨はしのげる。斜めに降ってくる雨はどうしても入ってくるんだけれど、そんな贅沢を言ってる場合じゃない。

地面にゴロゴロしている小ぶりの岩を取りのぞき、そこに三人で身を寄せた。

誰も口をきかなかった。けれど、たぶんみんなおんなじことを考えているだろうなって思った。

食料も水も、ほとんどなくなっている。水はあと小さなコップに三杯くらい。食料は、スティックシュガーとパウダーミルク数本と、練乳のチューブが半分くらい。今日中に電波のあるところに行くために水と食料を費やしたけど、結局ダメだった、当てが外れた。

生き延びられるんだろうか。ここから帰れるんだろうか。

雨が本降りになってきた。八月なのに寒い。でもそれは、こんな薄着で来た自分のせいだ。お湯を沸かすためのガスが残っていたかもだけど、ふたりに迷惑をかけたくない。

日はもうまもなく暮れそうだ。また、あの闇がやってくる。

「あー、聞こえるねえ、聞こえるよぉ」

急に亜里沙ちゃんが喋った。妙にテンションの高い声だった。

「な、なに？　雨の音？」

「犬の声じゃん！　ワンワンってほら！　救助犬だよ」

「え？」

あたしは全身を耳にした。けれど、雨と風の音しか聞こえなかった。

「わー、よかったぁ」

亜里沙ちゃんはまた甲高い声を出すと、片足を引きずりながら、岩のひさしの外にふらふらと出ていく。

「あ、こっち。こっちだよぉ」

ザアザア降りの雨の中、谷の向こう側に向けて手を振っている。

美玖ちゃんとあたしも、あわてて岩陰から外に出て、雨に打たれながらキョロキョロとした。

救助犬！　そんなのが来てくれたなら、あたしはきっと抱きついて泣く。

けれど犬なんてどこにもいなかった。猫も狸も狐も、一匹たりともいなかった。それなのに亜里沙ちゃんは、振りかえって満面の笑みを浮かべている。

「自衛隊の人も来てくれたー。やったぁ、助かったねぇ」

「亜里沙っ」

美玖ちゃんが肩をつかんで揺さぶった。

「しっかりして！　そんなもんはいないの。救助犬も自衛隊も来てないの！」

「うっそ。ほら、あそこにいるじゃん」

指さして走り出しかけた亜里沙ちゃんが、立ち止まった。

「……あれ……。消えちゃった……」

「ほら、とにかく戻るよっ」

美玖ちゃんとあたしで、亜里沙ちゃんの腕を両側から持って、無理やり岩陰に戻した。

「どうして？　たしかにいたのに」

「……幻覚じゃないの」

美玖ちゃんが、自分の濡れた雨具から水滴を払い落としつつ、投げやりに答える。

「私、頭がおかしくなっちゃったのかな？」

「たぶんちがう。脳が勝手に、自分が欲するものを見せてくれただけ。遭難した人にはよくあることらしい。ストレスがかかると脳もバグるんじゃないの？」

「ふうん」

うつろな表情で亜里沙ちゃんはうなずいた。目は、ぼんやりと宙をさまよっている。

「亜里沙ちゃん、だいじょうぶだよ。だいじょうぶだよー」

言いながら肩を抱いてあげると、ポツンとつぶやいた。

「……もっと見たかったなあ。私の欲するもの」

「ほんとだねえ」

うなずきながら肩に回した手を下ろして、とん、とん、と背中をたたく。妹たちがぐずったとき、あやしてやるのと同じリズムで。

「あたしも見たかったなあ、救助犬、来てほしいよねー」

「うん。来てほしい。ほんとにちゃんと、そこに見えてたのにな」

「そっか。どんな犬だった？」

「シェパードかな？　賢そうな目をした狼みたいな犬」

「うんうん、警察犬によくいるよね」

「それでね、その犬の後ろから、自衛隊の人が駆けてくるの」

「警察じゃなくって自衛隊なんだ」

「そう。白と黒の帽子に、白いセーラー服みたいな上着着て。やっぱり白いズボンをはいてる男の人」

「ちょっと待ってよ」

美玖ちゃんが口をはさんだ。

「それ、海上自衛隊の制服じゃないの？　なんで海上自衛隊が山にいるの？」

「わかんない」

恥ずかしそうに首を左右に振る。けれど、さっきよりか少し、はっきりとした目つきになっている。

「でも、嬉しかったなあ。犬と自衛隊。ねえ、由真もんは、なに見たい？」

「そうだなあ」

　あたしは考えた。

「お風呂かな。家のお風呂。お風呂のふたがピンクでね、くるくるって巻いて開けたら、ほかほかって湯気が上がってね」

「うんうん、入りたいよね、お風呂」

「そんでもって、そこに入浴剤をポチャンと入れるんだよ。シュワワワーンと溶けてね、いい香りがすんの。あたしのおすすめはね、サクラの香り。なんかね、桜もち食べてる気分になるんだよ」

　言っているうちにお腹がぐうと鳴り、口の中につばが湧き出るようだった。

「いいねいいね、桜もち」

「それから、お風呂が沸いたときの声も聞きたいな。ほら、女の人の声で『お風呂が沸きました』って言ってくれるでしょ。あれ聞くと、なんか安心する」

「そうだね。うちのも言うよ。『お風呂が沸きました』って」

　亜里沙ちゃんが、その音声を真似しながら言う。

「ははっ、そっくり。そんで、その前に音楽が鳴るでしょ。あれも聞きたいなあ。なんて曲だっけ」

「なんだっけねえ」

「……パララ、パララ、パララーラ――、パララー、パララーラーラ――」

急に美玖ちゃんが、そのメロディを口ずさんだ。

にこりともせず、ぶっきらぼうに口ずさんでいるけど、たしかにお風呂が沸いたときのあのメロディだった。

「それそれ、それだよ」

あたしと亜里沙ちゃんも一緒になって歌った。

三人でバカみたいに声をはり上げ、バカみたいに繰り返した。

歌ううちに、またあのお風呂に入るぞ、という気持ちになってきた。絶対入る。いい匂いのするお湯につかって、あったまるんだ。じんわり汗が出て、指の先がしわしわになるまで入るんだ。

だって、ここは寒いんだもの。八月なのになんでこんなに寒いのかな。

あれ？　歯がガチガチ鳴ってる。

手足が冷たくて、背中がゾクゾクしている。

「由真もん？　どしたの？」

頭の横で、亜里沙ちゃんの声がする。

「あんた、震えてるじゃん！」

美玖ちゃんの声もした。

「なんのなんの」

元気にそう返したつもりが、歯がガチガチ鳴り続けていて、小さな声しか出ないのだった。

# DAY 2

## 5:10p.m.

河合亜里沙（かわいありさ）

「由真（ゆま）もん、由真もん！」

背中（せなか）をさすりつつ、額（ひたい）に手を当てた。体温計なんてないけれど、かなり熱いような気がする。

「発熱？」

美玖（みく）ちゃんの声にうなずく。

「心配してたんだよね。由真もん半袖（はんそで）で来てるし、雨具は百均（ひゃっきん）のやつだし。雨も寒さも、あんまり防（ふせ）げてないかもって」

「あったためなくちゃ！」

私（わたし）が言うより早く、美玖ちゃんは自分の雨具の上を脱（ぬ）いで、由真もんに着せている。私（わたし）も自分のを脱（ぬ）いで、上から二重に着せかけた。脱（ぬ）いだとたん、体がヒヤッとした。

ここが標高何メートルだかよくわからないけれど、雨でさらに気温が下がっているのはまちがいない。

「……みんなが、寒く……なっちゃう……よ……」

由真もんが、とぎれとぎれに言う。

「あんたが今そんな心配しなくていいの！　だいじょうぶだから」

美玖ちゃんがぶっきらぼうな調子で答え、由真もんの背中をさすっている。

なんにも言わなかったけど、半袖に百均の薄い雨具の由真もんは、きっとすごく寒かったにちがいないのだ。

「由真もん、我慢しすぎだよ……」

また、目に涙が盛り上がってきた。

いつものんびりしてて、空気を和ませてくれて。由真もんがそこにいるだけで、どんなに救われてきたことか。さっきだって、やさしく肩を抱いてくれて、バカみたいな私の話に気長に付き合ってくれて。だから私、なんとか正気を取り戻しているんだよ。なのに、このまま由真もんの体調がますます悪くなったりしたら……。

「ねえ、美玖ちゃん、焚き火とかできないの？」

「無理」

美玖ちゃんの返事は、このうえなくそっけなかった。

「落ちてる枝も葉っぱも、雨でビチャビチャ。どうやって火をつけろっていうの」

「でも、このままじゃあ、由真もんが、由真もんが……」

ああ、どうしたらいいの？　悪い想像ばかりが頭をめぐり、思わず取りすがって叫んでしまった。

「由真もん、お願いだから死なないで！」

「うるさいっ」

美玖ちゃんに怒鳴られた。

「病人を不安にさせてどうすんの！　今、対策考えてんだから黙ってて」

自分の大きなリュックの中をひっかきまわしながら、美玖ちゃんはブツブツ言っている。

「あーもう、エマージェンシーシートを買っていさえすれば……シュラフだって持ってきたらよかったんだよね……こんな山、どうってことないと思ってたのに……こんなことになるなんて、ふつう思わないじゃん……この湯沸かし用のガスカートリッジだって、ほぼほぼなくなってるし
……あれ？」

奥のほうに手を突っ込むと、ジーッとジッパーを開ける音がした。

「こんな底のほうにも、入れる場所があったんだ……、あ、これって」

リュックからなにかをつかみだして、私に見せる。

顔を見合わせ、ふたりで同時につぶやいた。

「新……聞……紙？」

大きな古いリュックの、見えにくい底のほうの、隠しポケットみたいな場所。

そこに入れてあった新聞紙の束は昔のものらしく、日付はずいぶん前だったし、全体に黄ばんでいた。

「じいちゃんが入れたままにしてたんだ……」

美玖ちゃんはポツンと言うと、胸にぎゅうっと抱きしめた。

「よかった。これで少しは防寒になるかも」

「新聞紙が、防寒？」

「そだよ。災害のときとか遭難のときとか、新聞紙は防寒に役立つんだよ」

「……あ、そう言われれば、どこかのネット記事で見たことある。新聞紙で洋服作れるって。ちょっと待って！」

ポケットに手を入れ、スマホを出して検索しようとして気がついた。

スマホは今日ササの海で、なくしてしまっていたんだった。

「ググんなくていいよ。だいたい電波ないし」

美玖ちゃんに言われて、さらに恥ずかしくなる。

なにやってんだろ、私。

「検索女王」ってママにからかわれていたけれど、とんだ女王だ。スマホをなくした今、私はただのおバカさんになってしまった。

「とりあえず、胴体にこれ巻きつければいいんじゃやね？」

美玖ちゃんが新聞紙を三枚分ほど取って大きく広げた。

真ん中に、頭が入るくらいの大きさの穴を、ちぎりとって作る。

由真もんが着ている三人分の雨具を取り、かわりに新聞紙を頭からかぶせ、肩から胴体にフィットさせた。

むき出しの腕にもぐるぐると巻きつける。その上から百均のレインコートを着せて、ボタンをぴっちりと留める。

「足にも巻くよ！」

綿パンの上からまた新聞紙を巻き、その上にゴミ袋をすっぽりかぶせた。きのうお尻の下に敷いて、水気を防いだものだ。太腿の真ん中あたりでキュッと縛って固定した。さらに私たちの雨具を上半身と下半身にかけて、背中や腕や足をさすりまくった。

「……あったかい……」

由真もんが、ショロリと笑った。

「でも……、なんか、さすられるたんびに……ガサガサいうね」

新聞紙が防寒力を発揮してくれたおかげで、由真もんの震えは落ち着いたようだった。額に手を当てるとやっぱり少し熱いけど、そんな高熱でもないようだった。

「この上着取ってくれる？　ちょっと暑くなりすぎてきた」

「ほんとに？」

「ほんと」

もしかして、気を使ってそう言っているのかなと心配になったけれど、私も美玖ちゃんも自分の雨具を返してもらうことにした。ほんとうは寒くて鳥肌が立ってきていたから。

「ごめんなさい」

すまなそうに由真もんが言う。

「あたしって意外に体弱いよね。お腹減りすぎて動けなくなっちゃうし。今度は熱まで出しちゃうし」

「なんのなんの」

由真もんの口癖を、真似して返す。

「私、由真もんがいなかったらとっくに倒れてると思う。もっともっと幻覚とか見て、頭が変になってたと思う。でもね、すっごく不思議なんだけど……。今必死に由真もんの看病してるうちに、なんか力が湧いてきた感じなの。ちょっとハイになってるのかもしれないけど」

「うん」

美玖ちゃんがこっちを見て、うなずいた。

「そだね、あんた、妙に気合の入った顔してる」

「私……、まだ生きなきゃなんないの。このままじゃ、死ねないの」

ふたりとも、じいっと私の顔を見たけれど、「なんで?」とは聞かなかった。

それは、とてもありがたかった。いろいろ口に出して説明すると、せっかくパンパンにふくらんだゴムボールから、しゅーっと空気が漏れだすような気がしたから。

由真もん、お願いだから死なないで!

さっきそう叫んでしまったとき、由真もんの顔がママの顔に見えたんだ。

ママ、お願いだから死なないで。九〇%なんかじゃいや。ママは一〇〇%、私のそばに居続けてくれなければ。でないと私、生きていけない。ふたりっきりの家族なんだよ。

そのことだけを、ずっとずっと考えて、不安で苦しくて息もできないほどで。

けど私の生存確率は今、何%?

考えたくもないけれど、ママより低いかもしれない。そして、命の危機にさらされる恐怖がどれほどのものか、この身で感じてやっとわかったんだ。

ママもがんを宣告されて、どんなに怖かっただろう。夜には、幻覚のような悪夢を見たかもしれない。でもその姿を決して、私に見せようとはしなかった。

一度、ママがお風呂からあがったタイミングで、私が脱衣所に入ったことがあって。そのときママは、ばっとタオルで胸を隠して私に背中を向け、あわてたようにお風呂に逆戻りした。そうして、「あー、うっかりして、シャンプーするの忘れてたー。いやあねえ、このごろ忘れっぽくて」と明るい声を出したんだ。

胸の手術の跡を私に見せたくないんだろうな、ってそのときもわかってた。けれど、気持ちの深いところまではわからなかったし、わかろうともしなかった。慰めの言葉も思いつかなかったし、なによりママは強い人だから、私があれこれ気を回すこともないと思っていた。そして、がんということに一ミリも気づいてあげられなかった。

「ほんのちょっと切っただけよ」って言っていたけれど、たぶんちょっとじゃなかったにちがいないんだ。胸の形も変わっていたのかもしれない。

再発することへの恐怖もあっただろうし、手術したあとの体調がいつもいい、なんてことも今思えばありえない。ママは無理やり、元気の着ぐるみを着続けていたんじゃないだろうか。

私を守りたかったから。心配させたくなかったから。

なのに私は、そんなママに泣きついた。自分の感情を垂れ流し、身も心も傷ついているママに自分の不安をなすりつけ、現実から逃れようとした。私を自立させようとしていると感じると、「ずるい」とさえ思ったものだ。

そして今、同じことを由真もんに……。

人に甘えてばかりの私。このうえなく情けない私。

「お願いだから死なないで」

そう言って娘に泣かれて、ママはどんなに辛かっただろう。そんなの、生きたいに決まっている。けれど、いくらお願いされても泣かれても、自分ではどうすることもできない。だから辛いんだ。今の私がそうであるように。

そしてその頼りない娘が行方不明になって、生きているのか死んでいるのかもわからなくて、今ママはどんな気持ちでいるだろう。

だから、私は帰らなければいけない。たとえ傷だらけでも、虫の息だとしても。

泣いてる場合じゃない。そのエネルギーを生きることに使え。

心を乱すな。乱すと生存確率はさらに下がる。

どこからか、そんな声が聞こえてきた気がする。これが本能のささやきっていうものだろうか。崖っぷちまで追いつめられて、本能が今初めて本気を出してきた。

「あたしも、このまま死にたくないな」

由真もんも小さな声で言う。

「わたしだって今死にたくない」

美玖ちゃんが叫んで、口元をぎゅっと結ぶ。さっきから、残った新聞紙の束を胸の前で、大切そうに抱きしめている。

なんで？　って私も聞かなかった。

みんなが生きたい、と思っている。それだけで十分だ。


雨が降る中、日は暮れた。暗闇の中、ただただ雨がシトシト降る音だけが聞こえてくる。私たちは由真もんを真ん中にして身を寄せ合い、体温でお互いを温め合った。

寒さはなんとかしのげていたけれど、空腹だった。さっき由真もんが言ってた桜もちが、繰り返し頭に浮かんだ。そしてなにより、水が飲みたくて飲みたくてたまらなかった。

お昼過ぎ、由真もんがシャリバテになったとき、みんなで水と練乳とビスケットを少し口にしたけれど、それからはなにも補給していない。

ペットボトルに、ひとり百ccくらいの水は残っているはずだ。

けれど、それを飲み干したらもうおしまいと思うと、とても手をつける気にはなれなかった。

のどが渇いたね、と言いかけてやめた。たぶんみんな、そう思っているのだ。言ってもしかたがないから黙っているだけなんだ。

夏のアスファルトの道に、からからに乾いてはりついているミミズの姿を思いだした。ああなるかもしれない、と思うとまた不安がこみ上げてきて、息が苦しくなってくる。

ダメ、ダメだよ。そんなことを考えちゃダメ。

ふん、とお腹に力を入れて息を整える。薄く目を開けると暗闇の中から、なにかが聞こえてくる気がした。

かちゃかちゃと食器が触れ合う音。

がやがやと楽しげな話し声。

並んでいる人たちの、背中が見える。その向こうにはなにか機械があって、横にたくさんのカップとグラスが並んでいる。

ファミレスのドリンクバーみたいだった。

麦茶、ウーロン茶、フルーツミックスジュース。

アイスキャラメルマキアート、抹茶オレ、アールグレイの紅茶。

ジンジャーエール、メロンソーダ、アップル&シナモンティー。

どれにしようかな。どれにしようかな。

そうか、また私、幻覚を見てるんだな。幻覚でもいい、ずっと見ていたい。

そしてできれば、かたっぱしから飲みたい。

「あ――――！」

美玖ちゃんの突拍子もない叫び声で、ハッと我に返る。

ドリンクバーが消える。

かわりに美玖ちゃんのヘッドライトがパッと灯った。

「起きて！　みんな、自分のマグカップ出して」

「え？」

「雨だよ、雨降ってるじゃん！　雨水をマグカップとかコッヘルに貯めるんだよ。あー、どうして今まで思いつかなかったんだろ。バカバカバカ！」

言いながら、湯沸かし用の小鍋と自分のマグカップを外に出している。

私と由真もあわててマグカップを取りだして、岩のひさしの外に出す。

そうだそうだ、こんなに求めている水分は、さっきからジャアジャア空から落ちてきてるじゃないか。

なのに、なんていうことだろう。雨はとたんに小降りになり、まもなく霧雨のようになって止んでしまった。

「どんだけ意地悪なんだよっ」

美玖ちゃんが、夜空に向かって毒づいている。


朝になった。

遭難三日目の朝は晴れていた。

結局雨水は底から三ミリくらいしか貯まらず、私たちはそれで口の中を湿らせると、また歩き始めた。幸い由真もんの熱は下がっているようだった。

「今日こそは、きっと電波のあるところに行けるね」

やつれた顔をしているけれど、由真もんの言葉は前向きだった。体中に巻いた新聞紙をはずして自分のリュックに入れ、百均のレインコートだけ着て歩き始める。

「うん。絶対、今日は行ける」

「もうちょっとのしんぼうだよね」

美玖ちゃんと私も、同じく前向きに答えた。

泣いたり愚痴を言ったりできるのは、まだ余裕があるからだ。

涙も愚痴も、ブーメランのようにこちらに帰ってくる。自分で自分のエネルギーを消費する。

そうなってもまだセーフだと、心も体も感じているから暗い言葉も吐けるんだ。

もうそんな余裕はいっさいない。

歩き出すと、また膝に鈍い痛みを感じた。ササ原で転んだときにひねった膝は、腫れて熱を持ち、曲げ伸ばしがしにくかった。ぐらぐらして力もよく入らなかった。

でも歩けないほどではない。だいじょうぶ。たいした痛みじゃない。お腹に力を入れ、ふっと息を吐くと、もう痛みが和らいだ気がする。

歩きながら私たちは、しりとりをした。

チョコレート、とけい、インク、クリスマス、すな、なまチョコ……。

えー、生チョコってチョコレートと同じじゃないの？

いいじゃん、チョコレートはスーパーで買ったやつで、生チョコはデパ地下で買ったやつなの。だから別物だよ。ふーん、そうなの？　じゃあ、ココア。

ココア、あり、りんご、ごま、まんじゅう、うそ、そうなん……。

あー、やめやめ。しりとりはやめ！　歌だよ。歌を歌おうよ。

そして、きのう歌ったお風呂のメロディを、やけくそのように口ずさんだ。

口の中はもうからからで、つばさえ出ない状態だった。それでも歌った。

歩いているうちに、谷は二股に分かれた。ひとつはゆるい登り坂。ひとつは下り坂だった。

「迷ったときには登れ、だね」

私たちは、登り坂のほうに進んだ。途中から藪になったけど、かき分けかき分け進んだ。遭難三日目の太陽は、ギラギラと私たちを照らしている。夜とは打ってかわって、暑い。

息が切れる。体に力が入らない。頭がクラクラして頭痛がする。たぶん、脱水の症状だ。

でも、ダメ。ここで倒れちゃ、ダメ。

「ねえ」

美玖ちゃんが振りかえる。

「水の音がしない？」

耳を澄ましてみた。かすかな、ほんとうにかすかな音だけど、風や鳥の声に混じって水が流れる音がする。

サー、ともザー、ともつかない音だ。

あえぎながら藪の斜面を登っていくと、いきなり視界が開けた。

下は浅い谷だった。きのういた谷と同じく、大きな岩がゴロゴロしている。けれどそこには沢が流れていた。沢は昨夜の雨を集め、岩にぶつかっては白く泡立ちながら、下流へとサラサラ流れていく。

「水だー」

私たちは叫んだ。

低木につかまりながら、よろよろと谷への斜面を下り、石がゴロゴロした河原を横切って、手で流水をすくう。

口に持っていってむさぼるように飲んだ。なくなるとまた、すくって飲んだ。

冷たく透き通った清水が、渇ききった口からのどに落ちていき、お腹から全身の細胞へと行き渡っていく。助かった、と頭ではなく、体が叫んでいる気がする。

飲み終わって、私たちはその場に大の字になって仰向けに寝た。下は石だらけだったけれど、どうでもよかった。

白い雲と青い空。そして、渇ききって死ぬことの恐怖から、解放された安心感。

幸せだ――。

幸せのハードルがめちゃくちゃ下がってしまっているけれど、幸せなものは幸せだ――。

「ねえ、この沢をたどっていけば、まちがいなく山から下りられるよね」

由真もんが、寝ころんだままつぶやいた。

「だって、水は上から下に流れるんだもん。この流れに沿って歩けば、もう道に迷うことはないよ。今に電波が入る場所にたどりつくよ」

「そだね」と、私もうなずいた。

「ちょっと休んだら、この沢に沿って下っていこ。ね、美玖ちゃん」

「……それって、危険なんじゃないかな」

目を閉じたまま、美玖ちゃんは小さく答えた。

「わたしたち、またセオリーにはずれたことしようとしてない？　楽して下るとドツボって言ったよね」

「でも、沢から離れたら水がなくなるよ」

「ペットボトルと水筒に、この沢の水を入れていこう」

「……なんにも食べてないのに、重たい水を背負って登るの？　それに、その水を飲みきっちゃったら？　水がなくなったのに、沢に出る道がわかんなくなっちゃったとしたら？」

「うーん」

美玖ちゃんは考え込んでる。

「……あたしも沢を離れるの、ちょっと怖い」

おずおずと由真もんが言う。

「そうだよ。私も怖い」

必死に訴える。

「ご飯食べなくても、人間は二、三週間は生きられる。でもお水を飲まないと、せいぜい三日くらいだよ」

「うーん」

美玖ちゃんは再び考え込むと、「あともうちょっとこのまま、下ってみるか」と結論を出した。

水の音を聞きながら、私たちは再び起き上がって歩き始めた。

飢えはともかく、もう渇くことはない、と思うと幸せ感はまだ持続していた。

けれども膝は、あいかわらず動かしにくかった。ぐらぐらして不安定で、自分の足じゃないみたいだった。

朝みたいにお腹に力を入れて、ふっと息を吐いてみたけれど、状態は変わらなかった。けれども口には出さなかった。

動きにくいのがなんだ。とにかく今は、電波があるとこまで行かなくちゃ。絶対に行く。そしてママの待つ家に帰るんだ。

岩だらけの谷を、清流に沿ってぎくしゃくと歩く。みんなから遅れてしまうかもと思ったけれど、由真もんの歩みも遅く、美玖ちゃんも私たちに合わせてくれた。

ときどき、岩に腰かけて休んだ。沢の水を、マグカップにすくって飲んだ。

飲んでも飲んでも空腹だった。

「パンダだったらよかった」

弱々しい声で由真もんが言う。

「そしたら、あのいっぱいのササを食べられたのに」

ほんとうだ。食べられるものなら、ササでも食べたい。沢沿いに生えている植物を食材を探す目で見つめる。けれど、名も知らない固そうな雑草が生えているだけだった。栄養があるのか、毒があるのかも見分けがつかない。

「魚でも泳いでいないかな」

今度は沢の流れをのぞきこむ。

「いたとして、どうやってつかまえるの？」

美玖ちゃんが無愛想な声を出した。

「沢の中にじゃぶじゃぶ入っていって、手でつかみどり？　そんなことできるわけないし、服が水で濡れたら低体温になっちゃうよ」

しかたなく、スティックシュガーとパウダーミルクを少しずつ水に溶かして、三人で分け合って飲んだ。薄甘くて、薄いミルクの味がした。そしてまた、立ちあがって歩いた。

けれども太陽が真上に来たころ、私たちは立ち止まった。

美玖ちゃんがポカッと口を開けている。

私も、へなへなと、座りこみそうになった。

ザァ――　ザァ――ッ

沢は途切れて滝になっていた。

そばの木につかまりながら恐る恐るのぞきこむと、沢は水幅を狭め、白い帯になって泡立ちながら、勢いよく下へと流れ落ちている。

由真もんがなにか言っているけれど、滝の音が大きすぎて聞き取れなかった。

水煙を上げながら、ほぼ垂直に落ちていく大量の水。

落差は相当ある。滝つぼまでは校舎の屋上から、校庭を見下ろしたくらいの距離感だった。両脇は濡れた岩の崖。こんなところ、たとえ野生動物だって、下りるのは無理だ。

沢に沿って歩けば下りられる、という希望は粉々に打ち砕かれた。

やはり楽して下ると、ドツボだったのだ。けれど楽しないで登って、また迷って水がなくなれば、やっぱりドツボだった。どちらを選択してもリスクだらけ。これが遭難っていうことなんだ。だから遭難なんか、しちゃいけなかったんだ。

とにかく、ここから先へは進めない。別の道を探さないと。私たちは滝に背中を向け、無言で沢を上流へと引き返し始めた。

そのとき、前を行く由真もんがずるっと足を滑らせ、仰向けに転んだ。

「由真もん！」

あわてて駆(か)け寄(よ)ると、リュックを下にしてカメみたいにひっくり返っている。

「だいじょうぶ？　ケガしてない？」

「なんのなんの」と、弱々しく答える。

「リュックがクッションになって、頭もどこも打ってないし。ごめん、なーんか滑(すべ)っちゃって」

笑(え)みを浮(う)かべてはいるけれど、頬(ほお)が赤くなっていて目の下が黒い。

美玖ちゃんが由真もんのおでこに手を当て、悲鳴のように叫(さけ)んだ。

「あんた……、すごい熱！」

# DAY 3

## 12:39p.m.

坂本美玖

亜里沙とふたりで由真もんに肩を貸し、引きずるようにして歩く。

崖のサイドの斜面には、木がせり出すように生えている。その中に、ひときわ葉っぱの大きな木が、わさわさと枝を伸ばしているのを発見した。軽い雨くらいなら防いでくれそうだった。

「あそこ行くよ」

亜里沙に指示を出して、なんとか由真もんをそこまで連れていく。

枝葉で日陰になった場所に由真もんを座らせて、上半身を崖の斜面に持たせかけた。

亜里沙が沢に行って、水筒に水を汲んでいる。タオルも浸してしぼっているようだ。それを持ってこちらに戻ってくる。

濡れタオルで顔や首元をふいてやり、水を飲ませてやると、由真もんは薄く目を開けた。

「ごめん……ごめんね……迷惑……かけちゃって」

「黙ってな」と声をかける。

ああ、きのうから体調が悪いことはわかっていたのに。

こんなになるまで無理をさせてしまった。

またもや沢沿いに下ることを選んで、滝に行く手を阻まれ、撤退するしかなくなった。滝にぶつかるのでは？　とちょっとは考えたのだ。けれど、水が飲めなくなったらどうする？　と問われると、そっちの考えに流された。

そして由真もんのこの高熱……。

どうすればいい？　いったい、どうすれば？

「私、タオルをもう一回、水に浸してくる」

ぬるくなったタオルを持って、沢に向かっていく亜里沙を見てハッとする。

ぴょこ　ぴょこ　ぴょこ　ぴょこ

左足を異様に引きずって、おかしな歩き方をしている。かがんでタオルを水に浸すときも、右膝を地面につき、左足は曲げずに横に出している。

きのうササ原で亜里沙が転んで、スマホをなくしてしまったことを思いだした。あのときにやっぱり膝を痛めていたのだ。

またぴょこぴょこと、戻ってきた亜里沙に声をかける。

「ちょっと膝見せてみて」

「え？　なんで？」

「いいから見せて！」

無理やり座らせ、汚れた生成り色のパンツを膝まで引きあげる。

明らかに大きく腫れて、熱を持っていた。打撲したところが内出血して、紫色になっている。

「こんなになってんのに、どうして我慢してたんだよ」

「我慢してる自覚なかった」

ポツンと言って、自分の膝をそろそろと撫でる。

「ほんとに、そんなに痛くないの。さっき由真もんに肩を貸してもだいじょうぶだったし」

「けど、変な歩き方してるよね」

「んー、そっかな？　そんな変だった？」

わたしは黙って、亜里沙のタオルを取り上げて膝に押し当てた。火事場の馬鹿力、という言葉が思い浮かんだ。

たぶん、もう必死すぎて、ちょっとやそっとの痛みや不調は感じなくなっているんだろう。だから今まで歩けてたんだ。亜里沙も、由真もんも。

膝をこんなに痛めてても、高熱を出していても。

そっとスマホを取りだして、立ちあげてみる。さっきも見たからわかっていたけど、やはり電波は圏外だった。けれどこれ以上、限界を超えてふたりをがんばらせたとしたら……？

「とにかく、休もう」

自分にも言い聞かせるように、そう言った。

「動き回って体力を消耗するのは、もう危険すぎる。じっとして、ここで救助を待とう」

「でもここに私たちがいること、誰も知らないよね」

不安げに亜里沙が問い返してくる。

「知らせる方法だってないよね？　ここに救助が来てくれるかな」

「来てくれるよ！」

なんの根拠もないけれど、そう強く言い切るしかない。

亜里沙はわたしを見、それから目を閉じて早い呼吸をしている由真もんを見た。

自分の膝のタオルを取り、由真もんの額の汗をふいている。

「そうだね」

「由真もん、必ず帰るよ。必ずね」

由真もんの全身に、きのうと同じように新聞紙を巻きつけ、その上から百均のレインコートを着せて、足にはゴミ袋を巻いた。

のどが渇いた、としきりに言うので、何回か汲んできた水を飲ませる。弱った体に栄養補給もしてやりたい。残りのスティックシュガーとパウダーミルクを取りだして見つめる。

残っているのは、それぞれ二本だった。

ごくん、とのどが鳴った。お腹がすいている、という感覚はもはやなかった。感じる力が、ひどく低下しているような気がした。けれど、自分の体が今これをものすごく欲している、ということは本能的にわかった。

熱はないけれど、ご飯を食べていないわたしの体だって、きっとかなり弱っているにちがいないんだ。よく考えたら、わたしと由真もんは、今まで友だちでもなんでもなかった。この登山で初めて知り合っただけで、それまでは学校が同じというだけの他人だ。亜里沙にしたって、昔のクラスメイトというだけで、特に親しかったというわけでもない。

亜里沙と由真もんは高校に入ってから仲良くしていたようだけど、わたしはちがう。どうして自分を犠牲にしてまで、他人を守らねばならないのだろうか。

とっさに、シュガーとミルクを自分のポケットに突っ込む。用を足すふりをして、これをひとりで口にする。そうすれば、わたしの命は少しでも長持ちするだろう。

「……さん」

うつらうつらしながら、由真もんが声を出した。ハッとして体を固くする。今のわたしの行動、見られてた？

「……母さん……」

またつぶやく。なんだ、寝言か。

「母さん、あたしね……」

「ん？　なに？」

亜里沙が聞き返している。

「……母さん、あたしね……」

再びそう言ったけれど、続きは言わずに寝入ってしまった。

お母さんの夢を見ているんだろうな。

ふいに鼻の奥が熱くなり、目の前がかすんだ。自分の母さんの顔を思いだす。父さんの顔も、兄ちゃんの顔も。

会いたい。会いたいよ。

今ごろ、どんな気持ちで連絡を待っていることだろう。安心させてやりたい。そして、抱き合いたい。

生きて帰って、よかったよかったって言い合って、笑って泣いて。

その気持ちはみんな同じ。三人ともが、今切ないほどに胸に抱いている、生への渇望。焦がれるほどの家族への思い。

なのにわたし、なんてあさましいんだろう。なんていやしいんだろう。

「美玖ちゃん?」

亜里沙が顔をのぞき込んできた。

「どうしたの? 泣いてるの?」

「なんでもない」

顔を背けると、みんなのマグカップを集めて水を注いだ。由真もんのがちょっと多くなるように、それぞれのカップにミルクとシュガーを入れて、スプーンでかきまぜる。

「飲も」

差し出すと、「食料、使っちゃっていいの?」と亜里沙が聞き返してきた。

「うん。みんなで栄養補給しよ」

わたしが言い終わらないうちに、亜里沙はがぶがぶっとそれを飲み干した。恥ずかしそうに口元をぬぐい、それから由真もんを抱き起こすと、「水だよ、甘い水」と口元に近づける。薄く目を開け、由真もんもそれをコクコクと飲んでいる。

ふたりに背中を向け、自分の分を飲みながら、またこっそり泣いたのだった。

わたしは、さもしい。でもぎりぎりのところで、魂を落っことさずにいられた。

人として、なんとか踏みとどまれた。

神さま、感謝します。そしてどうか、わたしたちを助けてください。

それからわたしも亜里沙も、体力温存のために横になった。うつらうつらと浅い眠りの中をさまよっていた気がする。

突然、かすかな機械音が聞こえた気がして、ハッと意識が戻った。

耳を澄ますとブォーンという音。

「ヘリコプター？」

亜里沙が飛び起きる。

「救援ヘリ、来た？」

わたしも全身を耳にした。

バババババ　バババババババ
たしかにヘリの音だった。この前聞いたよりも、近い気がした。

「あれじゃないの？」

向こうに見える、山の稜線。

そのすれすれに、ヘリの機体が小さく見える。

来た！　来てくれた！　これをどんなに待っていたことか。

「おーい！」

わたしは着ていた雨具を脱いで、振り回しながら沢沿いを走った。

「おーい、ここでーす！　ここにいまーす！」

亜里沙も必死に立ちあがって、帽子を振っている。

「お願いっ！　こっち見て。助けてー。ねえっ、こっちだよー」

けれど、わたしたちを見つけるにはヘリは遠すぎた。あの位置から、この谷の底まで、見通せるわけもなかった。

しばらく旋回したあと、ヘリの機体は山の向こうに消え、やがて音も遠ざかっていった。

「あーあ」

がっくりと亜里沙が座りこみ、肩を落としている。

「けれど、捜してくれてる！」

そう叫んで、絶望の中に沈み込みそうな心を自分で励ます。

ひとかけらでも、ひと粒でも、希望を拾い上げなければ。今、心を折ったらおしまいだ。

「そだね。捜してくれてる！　明日こそ見つけてくれる！」

同じ気持ちなのだろう。亜里沙も何度もそう繰り返している。

絶望してはいけない。あきらめてはいけない。

その夜も、そこでビバークをした。地面の石をできるだけ取りのぞき、ザックを枕にして横たわる。もう三日下着すら替えておらず、髪も顔もべたべたと脂ぎり、地面は冷たくて固く、疲労は重石のように体にのしかかっている。

暗闇の中、沢のせせらぎだけが心を癒やしてくれた。

水が岩に当たって、泡になって弾ける音。

プクプク　ポコポコ　サラサラサラ

その音の間に、ガサガサ、という音が混じった。隣で眠っている由真もんが寝返りを打ち、体に巻きつけた新聞紙が鳴る音だ。

そっとおでこに手を当ててみると、熱いのは熱いけれど昼間よりはましになっている気がする。新聞紙があってよかった、と思う。

じいちゃんの形見のザックに、残っていた新聞紙。たぶんじいちゃんが、まだ山に行っていたときに入れたままにしていたもの。

これがなければ、由真もんの状態はさらに悪くなっていただろう。寒さで低体温症になって、もっとやばいことになっていただろう。

――じいちゃん、ありがとね――

声に出さずに、口だけそう動かしてみる。

プクプク　ポコポコ　サラサラサラ
返ってくるのは沢の音だけ。

――けどさ。じいちゃん、わたしって、どうしてこう中途半端なのかな――

また、唇だけそう動かしてみる。

そうなんだ、わたしはほんとうに中途半端なんだ。負けず嫌いで気は強いけれど、今までなにかを成し遂げたことなんてない。

中学のときの陸上も、ほんのわずか標準記録を切れず、県大会へは行けなかった。

行きたかった第一志望の高校には手が届かず、第二志望の今の高校には欠員補充で引っかかった。

登山部では座学についていけず、退部してこうして遭難している。

じいちゃんと槍ヶ岳に行く、という約束も果たせないままだ。

もしかしてわたしは、自分の中途半端さからも逃げたかったのかもしれない。じいちゃんをひとりで死なせた後悔だけじゃなくて、短気で忍耐力の足りない自分の弱さを、受け入れたくなくて山に来たのかもしれない。

「あ――、もうっ」

声に出すとますます情けなくなり、自己嫌悪の念が湧き起こってくる。

わたしはただの、がさつな女子、直情径行な女子。感情のおもむくまま、がーっと突進するだけの女子。

闘牛とか野生のイノシシみたいなものだ。その場その場ではがむしゃらにやってきたつもりでも、満足のいく結果を得られたことは一度もない。

――美玖、美玖――

あれ？　誰？　こんな山奥でわたしを呼ぶのは。

目を開けて体を起こす。沢のほうにぼんやりと、銀色の光が灯っている。その光がふっと消えたかと思うと、そこに人影が立った。

暗闇なのにはっきりと見えた。ガタイがよくて、日に焼けていて。

「じい、ちゃん？」

――おう――

そっか、と思った。これは幻覚だ。亜里沙の場合は自衛隊と救助犬で、わたしの場合はじいちゃんなんだ。

「じいちゃん、ごめんね。わたしってさ、ほんとダメ。なにもかも中途半端だわ」

——あたりまえや、中途半端で——

ガッハッハーと、じいちゃんが笑う。

——美玖はまだ高校生やろ？　そん年で完璧になられたら、おれたち大人ちゃ立つ瀬がないわ。なんもかも、これからやちゃ——

そっかと思う。幻覚というのは、自分が欲しているものが見えるという。わたし、じいちゃんに会いたかったんだな。会ってこうして、慰めてほしかったんだな。

張りつめていた気持ちが、ふっとゆるみそうになる。じいちゃんにすがりついて甘えたくなる。

「これからって言われてもさ……。わたしにこれからってあんのかな？　もしも、このまま山から下りられなかったら？　もう死んでるって思われて、救助が打ち切られたら？」

そんなことはない。救助は必ず来る。心配ない。

そんな言葉を待っていたのに、

——そのとおりだな。近いうちに捜索、打ち切られるな——

横から冷たい声がした。じいちゃんとはちがう声。

声の方向を見ると、トガちゃんが立っていた。

え？　なんでトガちゃん？

——おまえ、登山届わざわざ出して、それとちがうルートに行っちまっただろ？　三日目なのに手がかりなくて、警察も頭抱えてるし。このままだと、救助の人員が削減されて、そのうち捜索打ち切りになるからな——

いつものかったるそうな口調と、毒舌。髪はボサボサで、あごには無精ひげが生えている。ひどく疲れた顔をしていた。

これも幻覚？　けれどこんな言葉、今のわたしは全然欲していないんですけど？　それにトガちゃんの表情も言ってることも、妙にリアルなんですけど。

——登山部で、地図読みとか天気図書きとか、いろいろ勉強する理由がわかったか？　なんもかも、命を落とさないためにやってんだからな。地図アプリもお天気アプリも、そりゃあるだろうけどな、山ではなにが起こるかわからない。すべて機能しなくなった最悪の事態を、自力でなんとかできる能力が必要なんだよ、登山には——

わたしは、うなだれる。なにひとつ言い返せない。

——人生は五〇パー自己責任。けど、登山は一〇〇パー自己責任——

トガちゃんが、充血した目でわたしをにらみながら、さらに言葉を重ねる。目は赤いけれど、目の下は黒かった。

——人生にはさ、親ガチャはずれたとか、自分ではどうしようもない要素があるわけよ。けど登山に山ガチャはずれとかないし。ぜーんぶ自分が好きこのんで選んだ結果だし――

「じゃあ、」

胸がふさがるような気持ちになって、問い返す。

「じゃあ、いったい、どうしたらいいんですかっ」

ギロッと、厳しい目でにらまれた。

――いくら助けてやりたくても、今のおれには、どうしてやることもできねえんだよ。自分で選んでそこに行っちまったんだから、自分で方法を選んで脱出するしかないだろ。死にたくなけりゃ、考えろっ――

「考えてもわかんないから、聞いてんじゃん！」

キレそうになって叫ぶと、沢のほうからじいちゃんの声がした。

――美玖、美玖――

そちらを向くと、じいちゃんが真剣な表情でわたしを見つめている。

――おれの人生はもう終わっしもた。けどおまえの人生を、ここで終わらせたらだちかん。美玖、生きるがいぞ。そってそこのふたりも守ってやられ。なんがなんでも、守ってやられ。山男やったおれの、孫娘やないか――

「無理だよ、わたしにそんなこと」

できるわけがない。ふたりに隠れて、こっそり自分だけ栄養補給しようとしたわたしなんかに。

——たしかに人間ゆうもんは、弱いもんや。けど、やらんにゃ始まらん。やってみんにゃわからんちゃ。それにな、美玖——

じいちゃんは再び笑顔になった。わたしの大好きだった、あのキュートな笑顔。

——おれと槍ヶ岳に行くゆう約束も、まだ果たしてもらっとらんぞ——

「……もう、山なんかこりごりだよ」

——山を嫌いにならんでくれ、美玖。山はいいぞ。おれの大好きな場所や。一緒に見たモルゲンロート、覚えとるやろ？　山はいいぞ、山はな——

ほほ笑みながら、じいちゃんの姿はゆらゆらと揺らぎ、次の瞬間ふっとかき消えた。横を見るとトガちゃんも消えていた。

あるのはただ、暗闇と沢の音だけ。

やっぱり幻覚？　けれどじいちゃんの声もトガちゃんの声も、耳に食い込むようにはっきりと残っていた。幻覚ではなくて、たしかにメッセージを受け取った気がする。霊になったじいちゃんと、トガちゃんから。

ん？　トガちゃんは、まだ生きてるよね？　ってことは……。どういうこと？　わかんないけど……わかんないけど……。

それ以上もう頭が働かず、気絶するように眠りに落ちたのだった。


四日目の朝が来た。曇っていて、なまあたたかい風が吹いていた。これからまた天気が崩れるのかもしれない。

由真もんのおでこに手を当ててみると、また熱が上がっているようだった。しかもゴホゴホと、苦しそうな咳をしている。

亜里沙の膝も大きく腫れていて、歩かせてみるときのうより歩き方が変だった。

わたしは沢から水筒で水を汲んでくると三人のマグカップに注ぎ、残った練乳をチューブからすべてしぼり入れた。

「それ、最後の食料だよね？　今、全部使っちゃうの？」

不安そうに言う亜里沙に、「うん」とうなずく。

「いちかばちかの賭けをするから、今、栄養とっときたいんだ」

「賭け？」

由真もんが薄目を開けて、弱々しく聞いてくる。

「そうだよ。わたし今からひとりで、この谷から脱出してみる。尾根に出られれば、きっと電波がある場所が見つかると思うから、電話して救助を要請する。きのう、大きな滝があったよね？　あの滝の少し手前に、少しだけ傾斜のゆるい斜面があった。岩がつかみやすそうだったし、あそこ、登って登れないことはないと思うんだ」

「えっ、やめて！　あんな高いとこ、落ちたらただじゃすまないよ！」

亜里沙が悲鳴のような声を上げる。

「わたしさ、体力と運動能力だけは、みんなよかあると思う。実際、熱も出していないしケガもしてない。それしか取り柄がないんだよね。じいちゃんは元警察官で、山岳警備隊員としても働いてた。その血が流れてるんだよ、わたしには」

「でも……」

「だから、だいじょうぶ！」

きっぱりと言って、ニッと笑う。じいちゃんとそっくりの笑顔になっているといいなと思う。

「……それしかないの？」

「それしかない。今日でもう遭難四日目だよ。このスマホ……」

一台だけ残った、自分のスマホをザックから取りだす。

「もう、バッテリーが三％しか残ってないんだ。だから今、動かないと。由真もんの体も心配だし、一刻も早く救助してもらわないと」

しばらく黙っていた亜里沙が、「わかった」と小さくうなずいた。

「でも、賭けなんて言っちゃダメ」

唇を結び、泣きそうな顔になる。

「今は別れ別れになっちゃうけど……、必ず元気に、また会うんだからね」

「うん。また会える」

練乳入りの甘い水を飲み干すと、わたしは沢で再び水筒に水を汲んだ。それをザックに入れる。かわりにバーナーやコッヘルなど重いものをすべて出す。

ザックを軽くしなければ。でないと、あの斜面を登りきれない。

ざあっと強い風が木々の葉を鳴らした。パラパラと雨も降り出した。けれど、行くことに迷いはなかった。きのうの夜のことを思いだした。じいちゃんもトガちゃんも、わたしに「行け」と言いに来た気がする。

「美玖ちゃん……、これ」

由真もんが咳き込みながら、頭からキャップを取って差し出してきた。蛍光オレンジのド派手なキャップ。

「水を弾く素材だからって、パパさんが貸してくれたんだ。雨みたいだし、これ、かぶっていって」

「ありがとう」

自分のカーキ色のサファリハットを由真もんに渡し、その蛍光オレンジのキャップをかぶった。

「じゃ、行ってくる」

できるだけあっさりそう言うと、わたしはふたりにくるっと背を向け、下流に向かって歩き出した。涙ながらに別れを惜しんだりしたら、もう生きて会えないような気がしたから。

きのうの滝の少し手前、右の部分の崖。そこは記憶したとおり、少しゆるやかな斜面になっていた。ゆるやかといっても崖は崖で、岩がごつごつ露出した急斜面だ。けれど、ここを登っていけば谷から脱出できて、電波が入りやすい尾根のほうに出られるかもしれない。最後の希望。

流れ落ちる滝の音を聞きながら、高くそそり立つ岩壁を見上げた。いったい何メートルあるだろう。

「父さん、母さん、兄ちゃん……」

家族の顔を思い浮かべる。父さんは血圧が高めだし、母さんは胃が弱い。頼むから元気でいて。わたし、必ず帰るから。

「じいちゃん……」

昨夜のじいちゃんの言葉を、もう一度心の中で再生する。

——そこのふたりも守ってやられ——

——山男やったおれの、孫娘やないか——

そうだね、じいちゃんの血を引いてるんだもの。わたし、今度こそ必ずやりとげる。

肩をぐるぐるっと回し、ふうっと息を吐く。手を伸ばし、最初の岩をつかんでぐっと体を持ち上げた。

三点支持。

登山部で覚えたその言葉を思いだしつつ、急斜面に取りついて登り始める。

人の手足は合計四本。そのうちの三本で体を支え、残りの一本だけを次の手がかりや足場に動かす。

下は見ない。ゆっくり、ゆっくり。

「きゃっ」

次の岩にのせようとした左足が、ずるっと滑った。雨に濡れた岩は滑りやすい。必死に残りの三点に力を入れてしがみつき、左足をちがう足場にのせる。

「ふう」

四本の手足が、とりあえず安定した。

背中を汗が流れ落ちる気配。たぶん冷や汗。息を整え、気持ちを落ち着かせる。そうして今度は右手で、上の岩をつかむ。

登山部にいたときの、クライミング練習を思いだした。あのとき体はロープでしっかり安全確保され、仲間もいればトガちゃんもいた。今はたったひとりでロープもなしに、岩の斜面をクライミング。落ちればおしまい。

ああ、ダメ。そんなことを考えては。

由真もんと亜里沙の顔を思い浮かべる。あのふたりの命も、今わたしにかかっている。

わたしはできる。必ずできる。

それしか考えてはいけない。自分に言い聞かせながら、ひたすらに登る。

雨が激しくなり、目に入った。

手のひらは岩で、たぶんもう擦り剝けていることだろう。見てないけど血だらけになっているにちがいない。この山をなめたわたしは、手袋さえ持ってこなかったから。けれど命が三つ助かるのなら、手のひらの皮膚なんて喜んで山にくれてやる。

ザアザアとも、ゴウゴウともつかない滝の音が、下から聞こえる。

がんばれ、かなり登ってきた。あと少し。あともう少しだ。

てっぺんの岩に右手をかける。左足に力を込め、右足を持ちあげて次の岩にのせると、ぐっと体全体が持ちあがり、頭が上に出た。

はやる気持ちをおさえ、両腕に力を込め、慎重に足を一本ずつてっぺんにのせて、ついに登りきった。息も絶え絶えに、前の景色を見渡す。

視界が開けている。ずっと向こうのほうに、他の山々が見える。

喜びと興奮で、心臓が破裂しそうだ。

とうとう、谷から脱出できた。電波が入るかもしれない。ザックから急いでスマホを取りだし、立ちあげてみる。けれどまだダメだった。アンテナは立っていない。

ううん、がっかりなんかしない。だって、山の尾根がちゃんと向こうに見えている。もう少し尾根に向かって歩けば、きっと電波は入るはず！

スマホをザックに戻し、早足で尾根の方向を目指す。足元は大きな石でゴロゴロ覆われた、いわゆる「ガレ場」だ。さっきのクライミングで疲れきった足にはハードだけれど、だいじょうぶ。まだまだ歩ける。

けれど、しばらく進んで、わたしはぴたりと足を止めた。全身の毛穴が粟立って、その場にへたりこみそうな気持ちになる。

また崖になってる……。

今度は登りの崖じゃなくて、下りの崖だった。雨に濡れた岩壁が、下のほうまで切れ落ちていない。

しかもほぼ垂直に。ヒュウウと風の鳴る音が聞こえる。他に迂回できるような道も見当たら
ない。

ここを下りろと？　ハリウッド映画のヒーローじゃあるまいし、こんな崖をロープもなしに？
けれどここさえクリアすれば、尾根へと続く広い斜面に下りられるのがわかった。急がなければ。バッテリーが残っているうちに、なんとしても助けを呼ばなければ。

深呼吸を繰り返し、気持ちを落ち着かせて、もう一度その崖を見下ろした。幸い、さっき登ってきたほどの高低差じゃない。

後ろ向きになり、崖からわずかに突き出た岩に、左足をのせる。次の岩はどこ？　と右足で探る。疲労と恐怖でさっきから震え始めている腕で、わずかな岩の出っぱりにしがみつく。オッケー。だいじょうぶ。一歩、一歩だ。

下りていくうちに、空が明るくなってきた。雲間からうっすらと光がさしている。雨は霧雨のようになってきた。よかった。天がわたしに味方をしている。

けれどそのとき、強い横風がたたきつけるように吹きつけてきた。

あおられそうになり、ぐっと手足に力を込めたら、右足をのせていた岩がボロッと崩れ落ちた。

「あ」

バランスが崩れて、もう片方の足も岩場からずるっと滑った。

「あぁっ」

二本の腕だけで、ぶらんとぶら下がる。やだ。落ちるのやだ。

神さま、神さま！

必死の思いで足をばたつかせると、岩肌を思い切り蹴とばしてしまった。

両手が離れた。

体が宙に浮いた。


薄く目を開ける。

ぼんやりとした視界が、徐々にはっきりとしてくる。

緑の草が見えた。丈の高い草の中に埋もれるようにして、わたしは倒れていた。体を起こそうとすると、右肩に激痛が走った。

「……っう……」

痛すぎて声も出ない。けれど痛いってことは、命があるっていうことだ。

左手をついてそろそろと上半身を起こす。

痛む右肩をそっと撫でてみると、ぼこっとなにかが異様に出っぱっていて、動かそうとしてもまるで動かなかった。

関節が外れたのか、骨が折れているのかは知らないけど、右腕は変に捻じれた状態でぶらんと垂れ下がっていて、もうわたしの腕ではないようだった。

左手で右の肘あたりを押さえて、そろそろと立ちあがる。

「痛っ」

今度は左足首から、痛みが脳天を貫いた。

こりゃ足首もやっちゃってるな。

右足に重心をのせ、なんとか立てた。由真もんに貸してもらったキャップは、どこに飛んでいったのかなくなっていた。けれど幸い、頭にケガはしていなかった。

自分が落ちた崖を見上げる。あの高さから落ちて、よくこの程度で助かったものだ。岩肌に体をぶつけながら滑落していたら、こんなことではすまなかった。崖を蹴とばしたとき、運よく岩肌から体が離れて、風に運ばれ草地に落ちた。

草がクッションになってくれたんだ、と思いつつあたりを見てゾッとした。

五メートルほど右はごつごつとした岩場だった。あそこに落ちていたら、まちがいなく死んでいた。

痛みをこらえてザックを下ろし、中のスマホを探す。落下の衝撃で、壊れたりしていないだろあがった。

恐る恐る取りだしてみると、液晶は無事だった。左手でぎこちなく操作すると、ちゃんと立ちうか。頼むから無事でいてほしい。

けれどバッテリーはあと二%しかなく、しかも電波はまだ圏外だった。

「じいちゃん、守ってくれてありがと」

前方を見ると、草の生えたゆるやかな登り斜面が、尾根の方向へ続いている。道らしきものはないけれど、もう少しあの尾根に近づけば、電波が入る気がする。

お願い。頼むから、入ってくれ。

全身で念じながら、一歩を踏み出す。

そのとたん、肩と足首にピッキーンと痛みが走り、悲鳴を上げそうになった。

背中も胸も首も痛い。

けれど、ここで座りこむという選択肢はない。

「痛くない」

自分自身を引きずるようにして、また一歩踏み出す。

「痛くないっ」

脂汗が出てくる。

「痛くないっ！」

口から漏れ出そうな、悲鳴のかわりに言う。

左手のスマホの画面を見ながら、草の中を、そうやって何分歩いただろう。

ハッと、わたしは立ち止まった。

画面から「圏外」の表示が消えている！　かわりに一本だけ、アンテナが立っている！

やった。やったよ。泣きそうになった。

これで……これで、助けを呼べる。

父さん、母さん、兄ちゃん、わたし、やったよ。やりとげたんだ。

震えそうな手で、必死に電話をかける。

「はいっ」

すぐに母さんの声がした。

「美玖……？　ねえ、美玖なの？」

あっけにとられたような母さんの声。けれどすぐに、涙声に変わった。

「……あんたぁ、今どこにいるのっ？　どんだけ心配したと思ってんの？　体はだいじょうぶなのっ？」

「母さん……。わたし、ちゃんと生きてるから」

「ああ……よかったぁ――」

電話の向こうで、母さんが激しく泣きじゃくっている。

「おいっ、美玖！　今どこだ」

電話の声が、いきなり父さんにかわった。どこって……、えっと。

「崖から下りて……、尾根が見える」

「それだけじゃわからん」

吠えるように父さんが叫んでいる。

「警察には電話したのか？」

「ううん」

「おまえなー、母さんに電話するより、警察に電話しろっ。警察なら、おまえが今いる場所を、電波から特定できるはずだ。母さんのスマホじゃどうしようもないっ」

あ……。

そうか、なにやってんだろ、わたし。

電波が入った嬉しさのあまり、母さんに電話をしてしまった。

「わかった。いったん切る」

電話を切り、警察って一一〇番だよな……とかけなおそうとしたとき、思いもかけないことが起こった。
ピコン　ピコンピコン　ピコン
スマホにメッセージが、次々に着信してくる。

――美玖？　おまえどこにいんだよ――

――返信ください。待ってるよ――

――ねえ、今どこかわかる？　みんな心配してるよ――

――お願い、美玖ちゃん、無事でいて――


兄ちゃんとかクラスメイトとか、登山部で仲間だった子たちとか。いろんな人たちからのメッセージだ。そっか、電波が入ったから、今まで受信できていなかったメッセージがどんどん着信してきたんだ。

ピコン　ピコンピコン
画面が何度も光り、何度も着信音が鳴り、そしてパタッと静かになった。

スマホの画面が黒くなった。

「え？」

焦って電源ボタンを押しまくったけど、もうスマホは死んでいた。

バッテリー切れだ。

わずかに残っていたバッテリーが、今の着信で消費されて切れたんだ。

なにこれ……。ああ、なにをやらかしたんだ、わたしは。

バッテリーが切れかけてるの、わかってたのに。どうして警察より先に、親に電話しちゃったんだろう。

へなへなとその場に座りこむ。

バカッ。

無意識に右手で自分の頭をなぐりかけ、肩の激痛で気が遠くなる。

唯一の連絡手段が、今失われた。生きてるってことだけ知らせて、肝心の居場所はなんにも伝えないまま。

じいちゃん……。

やっぱりわたし、中途……はん……ぱ、だよ……。

## DAY 4

### 1:03p.m.

### 川上由真（かわかみゆま）

浅い眠り（ねむ）から、ふっと目が覚めた。

まだぼんやりしたまま、上を見上げる。

木の枝（えだ）と葉っぱが見えた。その隙間（すきま）から空も見える。雲は多かったけれど、雨は止（や）んでるみたいだった。

びゅうびゅう吹（ふ）いていた風も、少し穏（おだ）やかになっている。

「……美玖（みく）ちゃん……、どうしてるかなあ」

隣（となり）で体操座（たいそうずわ）りをしている亜里沙（ありさ）ちゃんに、聞いてみた。

「あ、由真もん、目が覚めた？」

亜里沙ちゃんがのぞき込（こ）んでくる。あたしの額（ひたい）に手をやり、ちょっと顔を曇（くも）らせる。ああ、まだ熱が高いんだな。

「水飲む？」

うなずくと水筒から、沢の水を飲ませてくれた。

もう、練乳もシュガーもパウダーミルクもない。補給できるのは水だけだ。

「美玖ちゃん……、だいじょうぶかな」

またつぶやくと亜里沙ちゃんが、「だいじょうぶだよ」とうなずいた。

「今ごろきっと、電波のある場所に出て、私たちの居場所も知らせてくれてるよ」

「そだね」

笑ってみせる。うまく笑えているといいなって思う。

「きっと今日中には、助けてもらえるよね」

「うん、きっと」

亜里沙ちゃんがコクコクとうなずく。

「さっきまで風が強かったから、ヘリが飛べるのかなって心配してたんだ。でもほら、今はそれほどでもないし。きっともうすぐ救助のヘリが来るよ！」


けれど、いつまで待っても救助のヘリは来なかった。

時計を見ると、もう午後二時を回っている。美玖ちゃんがここを出たのは、朝の七時前だった。もう七時間以上もたっているのに、救助も来なければ美玖ちゃんも戻ってこない。

もしかして、いまだに電波のある場所が見つからないとか……。

黒い墨のような不安が、心にポタン、と落ちる。

岩の斜面を登るって言ってた気がするけど、そこでケガをしてしまったとか……。

ポタン　ポタン
まさか、転落して命を落としたんじゃ……。

ポタン　ポタン　ポタン
墨色の不安のしずくが、みるみるうちに心に広がり、ゴホゴホとあたしは咳きこんだ。

どうなるのかなあ、これから。

亜里沙ちゃんの横顔を、そっと見る。

あ、目が赤いような気がする。やっぱり不安で泣いてるんだ。

「亜里沙ちゃん……、だいじょうぶ？」

声をかけるとこっちを向いた。意外なことに、ちっとも泣いてはいなかった。けれど、右目だけが真っ赤になっている。

「その目、痛くない？」

聞いてみると首をかしげ、「そういえば、ゴロゴロしてるんだよね」と目をしばたたかせた。

「あ、そっか。コンタクトだ」

言うなり、右目のコンタクトを取って投げ捨てる。

「よく考えたら、初日からずうっと入れっぱなしだった。もう片方は二日目になくしちゃったけど」

「……両方なくなると、見えにくいんじゃない？」

「いいよ。もうここで待ってるだけだし。裸眼でも、ぼんやりとなら見えるし」

亜里沙ちゃんは無表情で、なにごともなかったように座っている。痛いほうの足を投げ出し、両手を後ろのほうについて、空を見上げている。最初、あんなにメソメソしていた亜里沙ちゃんなのに、別人みたいに落ち着いて見える。

「なーんか笑えるよね」

そう言ってあたしのほうを見る。

「私ね、なんで山に来たかっていうとね、うさんくさい占いのせいなんだ」

「占い？」

「そ。ネットの無料占い。そこに出てきたおばさんに占ってもらったら、山があなたの不安を消し去るって結果が出てね。それから、キラキラ光るものが幸運をもたらす、とも書いてあったの。だから、これ持って山に来たわけ」

リュックから、小さなコンパクトを出して見せてくれる。フェイクジュエリーがたくさんついて、たしかにキラキラしていた。

「ほんっと笑えちゃう。なーんであんなこと、信じちゃったのかなあ」

「……不安のかわりに幸運が欲しかったから？」

「そだね」

コンパクトミラーを開いて、またパチンと閉じる。

「現実から逃げたかったのかもね。でも、逃げた結果がこれだもんね。自分が山で遭難するなんて、考えたこともなかったなあ」

「あたしも」

「だから、逃げずに立ち向かうしかなかったんだよね。てか、逃げたくたって、今はもうどこにも逃げらんないけど。泣いてもわめいてもカロリー消費するだけだし」

やっぱり亜里沙ちゃんは変わったと思う。

びっくりするほど強くなってる。

「私……、まだ生きなきゃなんないの。このままじゃ、死ねないの」

この前、そう言っていたときの表情を思いだした。

心の底からの叫びに聞こえた。執念、って言っていいくらいの思いを感じた。

ほんとうに追い込まれたとき、人って強くなれるのかも。そうなるようにできているのかも。

感心している場合じゃないけど、すごいって感じる。

あたしも強くならなきゃ。ああ、この熱さえ下がれば。咳さえしずまれば。

そのとき亜里沙ちゃんが、ハッと顔を上げた。

あたしも身を起こして空を見た。

ババババババ　ババババババ
あ、あれは！

ヘリコプターの機影が小さく見える。来た、来てくれた。救助のヘリだ。

けれど飛んでいるのは、やっぱり遠くの空だった。

「美玖ちゃん、ここの場所、うまく伝えられてないのかな……」

亜里沙ちゃんがちょっと不安そうになり、でもそれを振り払うように立ちあがった。

ぴょこぴょこと片足を引きずりながら、木の陰から飛び出し、沢伝いに小走りに駆けていく。

着ていた雨具を脱いで、頭の上で振り回している。

「ここです！　ここにいまーす！」

ヘリが少しこちらに近づいてきた。谷の向こう側を旋回している。

あたしも立ちあがって、沢のほうに向かった。体がふらふらして、雲の上を歩いているみたいだ。むせるような咳も止まらない。痰がからんで、のどがゼイゼイと鳴る。けど、そんなこと言ってる場合じゃない。

美玖ちゃんと交換した、カーキ色のサファリハットを、力の限り空に向けて振る。

「助けてー。ここまで来てくださーい」

風がまた強くなってきて、あたしのべたついた髪をなびかせた。

木々の枝が風でしなってきて、ザザアと葉っぱが鳴って声がかき消される。

亜里沙ちゃんの雨具は、薄茶色。あたしが振っている美玖ちゃんの帽子は、カーキ色だ。

この色だと上からは、葉っぱや土の色に紛れて見えにくいかもしれない。パパさんが貸してくれた、蛍光オレンジのキャップだったらよかったのに。

風がさらに強くなって、ドウッと吹きつけてきた。

体がよろめく。頭上を雲が、すごいスピードで流されていく。

ババババ　ババババ　ババ……

ヘリの音が遠ざかっていく。機影も小さくなっていく。

「風が強すぎて、これ以上飛ぶのは危険なのかも」

亜里沙ちゃんはあたしのそばにやってくると、そうつぶやき、力が抜けたようにしゃがみこんだ。

ふたりして、崖からせり出している木の下に戻った。

身を寄せ合って、膝を抱えて座った。

風は止まなかった。嫌がらせみたいにびゅうびゅう吹いていた。今日はもう、ヘリは戻ってこない気がする。誰か救助隊の人が歩いて助けに来ないかな、と思ったけれど、その気配もまったくなかった。

あたしは黙っていた。口を開くと、ネガティブな言葉を言いそうで怖かった。亜里沙ちゃんも黙っていた。

ヘリは近くまで来てくれないし、救助隊も来ない。美玖ちゃんは、ちゃんとあたしたちの場所を伝えていないんじゃないだろうか。

じゃあ、どうなったの？

生きてる？　美玖ちゃん、ちゃんと生きてる？

「あ」

亜里沙ちゃんが小さく声を上げた。

「なにこれ……」

のぞき込むと、亜里沙ちゃんの生成り色のパンツの裾が赤く染まっている。

履いている白い靴下も、血の色になっていた。

「見せて」

裾(すそ)をまくり上げて、あたしはギャッと叫(さけ)んだ。

靴下(くつした)より少し上のところから、血が流れている。その付近の皮膚(ひふ)に二匹(ひき)、グロテスクな生き物がひっついている。茶色くて、短いミミズのような、なめくじのような。

「いやーっ」

亜里沙ちゃんが悲鳴を上げた。

「ヒルに噛(か)まれたぁー！」

ヒル……。ホラー漫画(まんが)かなにかで見たことがある。リアルに実物を見たのは初めてだけど。たしか、ジメジメしたところに生息していて、人の血を吸(す)う生き物。さっき沢伝(さわづた)いに走ったときに、取りついたのだろうか。

「やだぁ——」

グロテスクなヒルの姿(すがた)と、自分の血を見て動揺(どうよう)しているんだろう。亜里沙ちゃんの顔は真っ青だ。

「だいじょうぶだよ、だいじょうぶだよ」

あたしは勇気を振(ふ)りしぼって、ヒルをつまんで引っぱった。なかなか取れない。

それでも引っぱるうちに、二匹(ひき)ともなんとか剝(は)がれた。二度と血を吸(す)ってこないように炊飯器(すいはんき)

くらいの岩を必死に持ち上げ、ヒルたちの上にバンと落とす。頼むから、この岩の下でつぶれていてほしい。

けれど亜里沙ちゃんの足は、三か所も噛まれていた。噛み跡から血がプツリと浮かび上がっては、タラッと流れ落ちてくる。咳をしながら、自分のリュックからティッシュを出して、必死に亜里沙ちゃんの足に押し当てた。けれどもなかなか血は止まらない。

「ありがと。私自分でできるから。由真もんは休んで」

少し落ち着いてきたのか、亜里沙ちゃんがあたしからティッシュを取りあげて、血が出ているところを自分で押さえた。

「ヒルに噛まれると、血が止まりにくいって聞いたことある。ヒルがなんとかっていう、血が固まりにくくなる成分を注入するから。でも、こうやって押さえてたら、そのうち止まると思う。由真もんは、ほんとに休んで！　余計に熱が上がっちゃうよ」

押し当てているティッシュに、みるみるうちに血が滲んでいく。

赤い血。真っ赤な血……。

ふと、あのときの光景がフラッシュバックしてきて、クラッとした。

あのとき――。

中三のとき、カッターナイフで自分の腕を薄く切ったときのこと。

プツッ、プツッと、小さな赤い血の玉が浮かぶように出てくると、なぜだかうっとりとした。

赤い玉のブレスレット。あたしだけのブレスレット。

見ていると不思議に心が落ち着いた。きれいだなって思った。

でも今あたし、亜里沙ちゃんの血がきれいだなんて、とうてい思えないよ。

早く、血、止まって。

ただでさえ膝を痛めている亜里沙ちゃんを、これ以上苦しめないで。それに亜里沙ちゃんが、もしももしも死んじゃったりしたら……。あたし、ひとりぼっちになっちゃうじゃん。

ひとりぼっちは耐えられない。山でも、下界でも。

ひとりぼっちは、いや。生きてるのか死んでるのか、よくわからなくなるから。

あ、そっか。あたしずっと、孤独だったのかもしれない。家族はいるのに、なんだかひとりぼっちみたいな気持ちだったのかもしれない。

だから、生きてるってちゃんと確認したくて、皮膚を切って血を出してみたのかもしれない。

赤い血を見ると、ああ生きてるって実感できて、だからあのとき、あんなに心が落ち着いたのかもしれない。

生きてるのと死んでるのって紙一重なんだよね。今、こうして遭難してよくわかった。

道を一か所まちがえただけでオセロゲームの駒みたいに、生が死にくるっと裏返っていく。そんな弱っちい存在なんだよ、あたしたち。

だから、生きてるってけっこう奇跡で。

奇跡だから、生きてるね、生きてるねって誰かと喜び合いたくて。

あたし今、自分の皮膚なんて切らなくても、生きてることを実感できている。だって、すぐ横っちょに死が立っているから。生きてることとセットで、隣り合わせに立っているから。

亜里沙ちゃんの足から垂れている血を見つめていると、全身が震えそうだった。

体の外に流れ出る血は死んでいて、体の内側を駆け巡る血は生きている。

薄い皮膚一枚隔てて、ここでも生死は隣り合わせ。

亜里沙ちゃんの血が、これ以上流れ出ませんように。

熱でふらふらする体に気合を込め、亜里沙ちゃんの手からティッシュをひったくった。ぎゅうっと力を込めて、ヒルが噛んだ跡を押さえる。

止まれ、止まれ、止まれって念じながら。


あたりがもう薄暗くなるころ、ようやく亜里沙ちゃんの血は完全に止まった。

「ありがとね、由真もん」

亜里沙ちゃんが、やつれつつ笑顔を向けてくれる。

よかった、ってホッとしたとたん、全身に疲労がのしかかってきた。

咳がこみ上げてきて止まらない。

「……亜里沙ちゃん、あたしちょっと横になっていい？」

「もちろんだよ！」

リュックを枕に横たわる。土の匂いを嗅ぎながら、「今日もここがベッドだね」と言ってみる。野宿するのも、もう四回目だ。

けれど、これまでとのちがいは美玖ちゃんがいないってこと。

美玖ちゃん、今どこにいる？　ちゃんと生きてるよね？　まさか、死んでなんかいないよね？

不安を振り払おうと、心の中で「信じてる」ってつぶやく。あたし、信じるから。きっと生きてるって、信じてるから。

日が暮れて、また暗闇に包まれた。

美玖ちゃんがヘッドランプを持っていってしまったから、明かりはなにもなかった。

風はやっと止んだけれど、かわりに小雨が降ってきた。水滴は頭上の木の葉っぱがかなり防いでくれているけど、気温がぐっと下がってくる。

体中に新聞紙を巻きつけていても、寒いな、と思った。けれどしばらくすると、暑いな、と思った。

ガタガタ震えたり、汗が出たりした。呼吸をするたび、胸の中も、肋骨も、腹筋も痛かった。咳なんてすると背中まで痛みが突き抜けて、息も苦しくなってくる。

「由真もん、だいじょうぶ？　しっかりして」

隣で亜里沙ちゃんが、背中をさすってくれる。

「だいじょうぶ」って言いかけて、また咳き込んだ。そして、だいじょうぶじゃないかもって思った。

ああ、あたし、ほんとにダメだなあって思う。

体調崩して、みんなの足を引っぱって。

強い子でいたかったのに、結局こんなに弱っちくて。

なんだか、とても眠い。眠りたいって気持ちと、今眠ったらもう目が覚めないんじゃないかという不安がせめぎ合っている。でもだんだん頭がぼんやりしてきて、体の力も抜けていって、不安よりも眠気が勝ってしまった。

浅い眠りの中を、うつらうつらと漂いながら夢を見た。

母さんの夢だった。


母さん、あたしね……。

きのうの夜も、母さんの夢を見たよ。夢っていうより思い出？

父さんと母さんが、離婚するまでのこと。そして、母さんがパパさんと再婚をしてからのこと。

父さんはあたしにとっては、ふつうにいい父さんだったよ。

ちょっとめんどくさいところもあったけどね。

普段は無口なのに、なにかあると学校の先生らしく、とっても正しいお説教をしてきたりとか。

なんの興味もない外国の小説を、読め読めって無理やり薦めてきたりとか。

でもウケを狙って、つまんないダジャレを言ってくるところなんかは、かわいいなって思ってたし、柔道の話を一生懸命にしてくれるところも好きだった。父さんのおかげで柔道、好きになれたしね。

でも母さんはそんな父さんが、全面的にうざかったんだよね？

「そういうド正論のお説教はいらないの。ただちょっと、気持ちをわかってほしかっただけなの！」

「チェーホフ？　モーパッサン？　誰それ。そんな作家、知らなーい」

「そういう寒いおやじギャグとか、もううんざりなんだよね」

子どものあたしから見ても、父さんと母さんはとことん気が合わない感じだった。なんで気が合わない人と結婚したのか、あたしいつもすごーく不思議で、謎だったんだ。

でもいつだったか、母さんが電話で友だちに、「なんで結婚しちゃったのか、謎なんだよねー」と言ってるのが聞こえちゃって。

本人が謎だと言っているくらいなんだから、あたしにその謎が解けるわけないか、って妙に納得したこと覚えてる。

とにかく父さんと結婚してたころの母さんは、いつも顔が暗くって。でも、あたしに向かって父さんの悪口を言ったことはないし、むしろ「根はいい人なんだから」って、仲良し風なことをアピールすることもあったよね。

あたしに気を使ってるんだなって気づいてた。両親の仲が悪いと、子どもに悪影響があるんじゃないかって心配してたんでしょ?

母さんにそういう、やさしくって細やかな気持ちがあるってこと、あたし、ちゃーんと知ってるよ。あたしのために、気の合わない父さんとの生活を我慢して続けていた。親のことで悲しませたり、居心地の悪い思いをさせまいとしてくれていた。

けれど、両親の仲がいいか悪いかなんて、そりゃあ一緒に住んでたらいやでもわかっちゃうわけで。

母さん、あたしね……。

父さんと母さんが、できれば仲良くしてほしかったし、離婚っていうのも避けてほしかった。そしてせっかく母さんが「仲良し風」をアピールしてくれてるんだから、「うんうん、ふたりが仲良しで嬉しいな」なんて、「幸せな娘風」を逆アピールしてみたりして。

なにがほんとなんだか、よくわかんない毎日を送ってたんだよね。親子して、一生懸命気を使い合って、過ごしてたんだよね。

でも、やっぱり「風」は「風」でしかなくて。母さんは、もうあたしに気を使う余裕もなく、けんかや家出を繰り返すようになって。

父さんと離婚した母さんが、パパさんと結婚してよくわかったよ。

母さんって、こんな笑顔の人だったんだなって。

「幸せ風」の笑顔と、「ほんとに幸せ」な笑顔の差って、こんなにあるんだなって、小六だったあたしはつくづく感じたんだ。

パン職人のパパさんと結婚して、双子の妹たちを産んだ母さんは、いつも忙しそうだった。でも忙しいことも幸せだったんでしょ、わかってる。

パパさんと仲良くお店に立ったり、妹たちに子守唄を歌って寝かしつけたり、バタバタとみんなのご飯を作ったり。今まで我慢してたぶん、せきを切ったように母さんは幸せになってしまった。


母さん、あたしね……。

告白すると、そんな母さんを見ながら、ときどき黒い気持ちになったの。

いいね、母さんは幸せでって。

父さんはうざいけど、パパさんのことは大好きなんだねって。

生まれた妹たちが、かわいくってしかたがないんだねって。

あたしを置いてきぼりにして、ずいぶん幸せになっちゃったねって。

でも、そんな気持ちになる自分がすごくいやで。きっとこのままじゃあたし、罰が当たってますますひとりぼっちになるような気がして。

「ごめんごめんごめん」って、自分のベッドで頭から布団をかぶってつぶやいたりして。

自分の腕を切ってしまったのも、そのころ。

それでなくても、五人家族であたしだけクマで。

パパさんと母さんと妹たちは、仲良しのウサギさん一家で。

あたしは妹たちもパパさんも、決して嫌いじゃないんだよ。パパさんはパパさんなりに、血のつながらないあたしの保護者になろうとしてくれている。「おねーたんおねーたん」と抱っこをせがむ、妹たちの小さな手だって愛おしい。妹たちの世話をするたび、「助かるー」と言ってくれる、母さんの柔らかなまなざしも嬉しかった。

だから余計に、ひとりだけクマなのが悲しくて。


母さん、あたしね……。

ずうっと「なんのなんの」って言ってたでしょ?

なにがあっても「なんのなんの」ってニコニコして、感じのいいクマでいなきゃって思って。あたしにとっての魔法の言葉。そう言い続ければ、強い自分でいられる気がしてたんだ。なのに結局、このザマだよ。

山に登って、遭難して、熱出して倒れて、体中に新聞紙巻きつけて。

情けないったらありゃしない。この深い山の中で、大自然の力の中で、あたしはものすごくちっぽけ。ものすごく無力。

ああ、そうだった。もともと、無になりたいって思って山に登ったんだった。たぶん、今いる現実から逃げたかったんだ。そこはたぶん、亜里沙ちゃんとおんなじ。その願いがかなったのかもしれないね、でも。

母さん、あたしね……。

今は無になりたくないの。もいちど母さんに会いたいの。自分の気持ちをなかったことにせず、ごまかすこともなく、母さんとちゃんと向き合いたい。

そして、伝えたいの。

寂しかったよって。

ときどきは、あたしだけを見てって。

強いふりをしてたけど、あたしはこんなにも弱くって、もう高校生だけどまだまだ支えられたくて。

けれどね、こうも思うんだ。

今まで母さんの付属物みたいで、あたしはなにも選べなかったし、選ばなかった。母さんが喜びそうな方向へ、自分も一緒に流れていっただけだった。そうじゃなくて、自分がどうしたいのかっていうことを、もっと考えてもよかったんじゃないのかなって。

もしもここを生き延びることができたなら、あたしは大人になれる。大人になれば、もっと自由に、いろんなことを選びとることができる。住む場所も、誰と住むかも、すべて自分で選びとれる。

ひとりだけクマ状態を、笑ってごまかすことも。
だいじょうぶです、平気ですって、感じのいいクマでいることも。
そういうことを、選ばなくてもいい日が来るんじゃないのかなって。

母さん、あたしね……。
だからもう、「なんのなんの」って言うのはやめるね。
そして生きて帰って、この気持ちをちゃーんと伝えたいって思うんだ。
そして、もうひとつ、いちばん伝えたいことがある。

いろんな思いがぐるぐるしていて、うまく言葉にできないけれど、
母さん、あたしね……。
母さんのこと、きっと、ずうっと、大好きだよ。

# DAY 5

## 6:15a.m.

河合亜里沙

遭難、五日目の朝。

目が覚めると雨は止んでいて、風も吹いていなかった。

けれど、あたりは真っ白だった。雲の中にいるみたいだった。

隣で由真もんが、またゲホゲホと咳をしている。きのうも夜じゅう咳をしていた。額に手を当ててみると、まだひどく熱い。

「由真もん」

心細くなって呼びかけると、それでも薄く目を開けてくれた。

「……ああ、おはよ」

こんなときにも、朝のあいさつをしてくれる由真もん。けれど、「だいじょうぶ？」って聞いても「なんのなんの」とは言わなかった。ぼんやりした表情で、周囲を見渡している。

「なんか……、真っ白だね。なにこれ」

「霧だよ」と、答える。

「きのう雨降って、湿度が上がって気温が下がったでしょ。だからこんなに霧が出たんだと思う」

「そっか、霧かぁ。よかった」

「なにがよかったの？」

「霊界とかじゃなくて」

「そだね」

ちょっと笑顔を作って、うなずいてみせる。

「霊界はやだよねー」

「うん」

由真もんもうなずいて、ショロッと笑った。

「……あたしね、さっきウトウトしながら、ちょっと思ったんだ。遺書書いたほうがいいのかなって」

「遺書？」

「うん。もしも、もしもね……。あたしがこのまま帰れなかったとしたら、もう伝えたいことも永遠に伝えられなくなっちゃうんだなーって思ったりしてね」

やめなよ、そんなこと言うの、縁起でもない。

言いかけてやめた。実は私も、おんなじことを考えてたから。

万が一……、万が一の場合を想定したほうがいいのかもって、ふと思ってしまったから。このまま帰れないとしたら、せめてママにひとこと、書き残さなきゃって。

「でも、あたしさ、バカなんだよねー」

由真もんが、小さなかすれた声で言う。

「ペンも手帳も家に置いてきちゃった。日帰り登山にこんなもんいらないよねって。だいたいあたし、手帳は生徒手帳しか持ってないし。あれに貼ってある写真、めちゃくちゃ写りが悪くて気に入ってなかったし。ねえ、亜里沙ちゃんは書くもの持ってきた?」

「持ってない」

首を横に振った。

「私デジタル派だから、塾の予定とかはスマホのスケジュールアプリに書いてたんだよね。でもほら、スマホなんてとっくに落としちゃったし」

「そっかー。あたしたち、遺書も書けないねえ」

ははは、とふたりで小さく笑い、なんだ、この会話って思う。遺書の話をしながら、笑ったりして。

どこか頭の線が一本、切れちゃってるのかも。遭難した直後はパニックになって、泣いたり騒いだりしたけれど、今は心に麻酔がかかっているみたいだ。

でも、きっとそのほうがいい。神さま、ありがとう。まともにいろいろ考えてしまうと、メンタルがまたおかしくなると思うから。

こんなに熱が下がらなくて、咳も止まらなくて、由真もんの状態はもう風邪なんかとっくに通り越してるよねとか。

なのに薬もなくて、食べるものもなくて、あるのは沢の水だけだよねとか。

私の膝、あいかわらず痛いしガクガクだよ、どうなってんのかなとか。

こんなに霧が濃いとヘリコプター飛べないよね、今日も救助してもらえないのかなとか。

そういう、うつになりそうな要素を、くっきりはっきり受け止めずにすんでいる。すべてがすりガラスの向こう側にあって、ぼんやりとしか見えていない感じだ。

心を乱すな。乱すと生存確率はさらに下がる。

本能がまたぎりぎりのところで、心を守ってくれてるんだろうか。

「……遺書、書けないんなら、生きていなくちゃね」

また由真もんがささやいた。

「生きて自分の口で言うしかないんだもんね」

「そだね」

深くうなずく。

ママ、私もちゃんと会って謝りたい。

病気のこと、ちゃんと気づいてあげられなかったこと。

身も心も辛いママに、自分の不安をなすりつけたこと。

甘えて頼りきって、全体重をのせて、もたれかかっていたこと。

ママが好きすぎるくせに、まだひとつも親孝行をしていないこと。

「筆記用具、なんにもなくてよかった」

白い霧に向かって、ささやいた。言いたいことを書き残したりしたら、きっとそこで、私も由真もんも力尽きると思うから。


霧は午後になっても晴れなかった。

ドライアイスの煙のように、この谷を覆っていた。

それでも、水がなくなると沢に行った。行くしかなかった。生きるには水が必要だ。

霧で視界が悪いうえ、両目ともコンタクトをはずしてしまったから、ますますよく見えなかった。しかもずっとコンタクトを入れっぱなしだった右目は、ゴロゴロショボショボしている。

膝は痛めてるし、転んだらさらにたいへんなことになると思うから、足元には細心の注意を払った。見えにくい目をこらし、片足を引きずりながらカメより遅く歩いていき、水筒に水を汲んだり、タオルをひたして洗ったりした。

水を由真もんに飲ませて濡れタオルで顔をふき、おでこにのせてあげる。そうして、自分もちびちびと水を飲んだ。それより他、することはなにもなかった。

私も由真もんも、もうあまり口をきかなかった。

喋ると生命力が、声とともに漏れるような気がした。

なにかを食べたいとは、もう感じなかった。むしろ胃のあたりが、鉛みたいに重かった。そして、だんだん体に力が入らなくなって、タオルもゆるくしかしぼれなくなっていることには気がついていた。

「亜里沙、ちゃんとご飯を食べないと!」

好き嫌いが多く、小食だった私に、ママは何度こう言っただろう。

ちっちゃなころから聞いてきたその言葉を、声を、今ありありと思いだす。

なるほどなあって思う。

ご飯は大切だったんだ。生き物は全員、ちゃんとご飯を食べなければいけない。でないと、こうして衰弱していくんだ。

冬ごもり中のクマは餌を食べないで冬を越すけれど、秋にめちゃくちゃ食べて太ってから寝る。私もめちゃくちゃ食べて、すごく太ってから山に来ればよかった。

　そんなバカげた脈絡もないことを考えながら、深い霧の中にただただ座っていたのだった。


結局、夕方近くまで霧は晴れなかった。視界がクリアになったのはほんの一時間ほどで、かわりに夕暮れの薄暗がりがやってきた。

　救援ヘリは飛んでこなかった。音すらも聞こえなかった。

　徒歩で救助隊がやってくる気配もなかった。あたりまえかあと思った。

　救助隊の人たちだってスーパーマンじゃないんだ。濃霧の中へリを飛ばしたり、見通しのきかない山道に分け入って捜すことはできない。いくら人助けが仕事でも、二次災害で誰かが犠牲になってはどうしようもない。

　あたりはじわじわと暗さを増し、やがてまた夜になった。

　野宿も五回目。

　雲が晴れたのか、細い鎌のようなお月さまが、近視の目にもぼんやり見えた。鎌月岳、というこの山の名前を思いだした。月明かりというほど明るくはないけれど、真っ暗闇というわけでもなかった。

暗さに耐性ができて、目が進化したのかもしれない。隣にいる由真もんの輪郭がうっすらと見える。

夜中、咳の音で目が覚めた。由真もんがまた咳をしている。痰がからんで、息をするたびゼイゼイと鳴って苦しそうだ。

「お……、ト、イレ」

小さくつぶやく声も聞こえた。

「トイレ？　トイレ行きたいの？　一緒に行こうか？」

うなずいて、由真もんが立ちあがろうとする。けれど、四つん這いの姿勢からなかなか立ちあがれない。こんなにも体力が落ちてしまって……。

「ほら、私につかまって」

肩を貸して、立ちあがらせる。寄りかかってくる由真もんの体は重くて、膝が激しく痛んだ。離れた場所まで連れていきたいけれど、痛いし暗いし無理だ。それに今の由真もんじゃ、支えもなく和式のおトイレスタイルなんて、とれそうもない。

崖に沿ってほんの少し歩き、大きな岩のところで立ち止まる。

「はいてるもの、下ろすよ」

岩にすがるようにして立っている、由真もんのパンツと下着を手探りで下ろす。

サポートしながら和式おトイレスタイルをとらせ、両手で岩の出っぱりにつかまらせる。

「いいよ。しても」

下の草に、尿がかかる音がする。においもする。

けれどもう嫌悪感も恥ずかしさも、なんにも感じなかった。

すべての感情はあいかわらず、すりガラスの向こう側にあって、なんにも深くは考えられなかった。用を終えた由真もんを立たせて衣類を元に戻し、再び肩を貸して、木の下に戻る。由真もんは、ありがとうも言わず、ただぐったりと地面に横たわったままだ。

辛いよね、苦しいよね、帰りたいよね、疲れたよね……。

由真もんの背中をさするうち、足首の少し上が痒くなってきた。あ、そっか。私きのうヒルに嚙まれたんだ。嚙まれた跡が痒いんだ。

血まみれのソックスや、パンツの裾。足に吸いついたグロテスクな姿を思いだす。

そもそも虫が大の苦手なのに。あんなものに吸いつかれて、よく気を失わずにすんだなあって思う。暗さと同じように、恐怖への耐性も進化してしまったのかもしれない。

どんな進化だ。

再び出血しないように、パンツの上からそっと足を搔く。搔きながら目を閉じてウトウトとする。

ああ、疲れたなあ……、疲れたなあ……。

プクプク　ポコポコ　サラサラサラ

プクプク　ポコポコ　サラサラサラ

せせらぎの音。

水の音。

沢の向こうに誰かが立った。暗いし遠いのに、なぜかはっきり顔が見えた。

あれは……、亡くなった、私のひいばあちゃんだ。

やさしかった、という思い出しかない。和菓子作りが得意で、お手製の草もちやどら焼きをよく食べさせてくれた。初曽孫の私の写真をいつも持ち歩いていて、老人会の人やお菓子作りの仲間に見せていたという。

背中が丸まって、髪はグレイヘアっていうより白髪頭。しわしわの口元をつぼめて、かすかに笑っているようだ。シルバーカーっていったっけ？　お年寄りが押して歩く、ショッピングカートみたいなものにつかまり、こちらを見ている。

ああ、また幻覚を見てるんだな、私。

けれどこういう、いかにもお迎えが来ましたっていう幻覚はやめてほしい。

ひいばあちゃん、あっちに行って。

私、死なないから。遺書も書いてないのに死ねないから。

ふっとひいばあちゃんが消えて、今度は若い男の子の姿になった。

夏期講習で一緒だった、近くの私立高校の男子。樋口くんっていう名前だった。

四角い黒縁の眼鏡をかけてて、服装とか全然おしゃれじゃなくて、小さい目と大きな口が、なんだかアンバランスで。

ちっともかっこよくなかった。だけど話すと、意外に波長が合った。

数学の証明問題って、答えが出てるのになんでまた証明させたがるのとか。

ネットの人生相談サイトが、なんか好きで愛読してるとか。

おにぎりの具は、チーズおかか一択だよねとか。

夏期講習の最後の日、樋口くんはおずおずと、連絡先を交換しないかって言ってくれた。友だちからでいいので、とも言ってくれた。でも私、ママのことでそれどころじゃなくて。いえ、そんな、けっこうですなんて言ってしまって。

こんなことになるのなら、一回くらいデートすればよかった。私、カレシいない歴十五年で。これまでそういう機会がなかったこともないけれど、みんながうらやましがるようなかっこいい人じゃなきゃ、絶対やだなんて思ってて。

意味不明な上から目線だったかもしれない。自分だって、すごくかわいいっていうレベルじゃないのに。そういうところも子どもだったのかもしれない。

子どものまんま、カレシいない歴十五年。

沢の向こう側で、樋口くんが私に手を振っている。

照れくさそうに、気弱な笑みを浮かべながら。

樋口くん、私死なないから。子どものまんま死ぬのはいやだから。


遭難六日目。

朝、目を開けると曇りだった。

霧はかかっておらず雨も降っておらず、天気は回復に向かっているようだ。けれど、由真もんの容体はますます悪くなっていた。

「だいじょうぶ？」と呼びかけると、かすかにうなずく。けれど、きのうと比べて顔色はさらに青白くなっている。

あえぐように早い呼吸を繰り返している。

「由真もん！　元気出して」

薄目を開けてうなずいたけれど、また目を閉じて黙ってしまった。

私はオロオロと背中をさすったり、濡れタオルで首筋をふいたり、おでこを冷やしたりした。

背中を少し起こし、がさがさになった唇から水を飲ませる。

少し飲んだけれど、すぐに首を振って飲まなくなった。

ひいばあちゃんも、最後はお水も飲まなくなったって聞いたことある……。

「やだ……」

突然、今まで麻痺していた感情が、のど元からせりあがってきた。

不安と恐怖だった。

由真もんの体が、もう持ちこたえられないところまできてるんじゃないかという不安。このまま、命の炎が消えてしまうのではないかという恐怖。

ひいばあちゃんは病院で死んだ。私が十歳のときだった。弱っていく姿を見ることもなく、ママから突然亡くなったことを知らされた。

お葬式のとき、最後のお別れですとアナウンスがあって、みんな手に手に花を持って棺の中に入れていた。私は死んでしまったひいばあちゃんの、顔を見るのが恐ろしかった。ママが私に花を持たせて棺のそばに連れていこうとしたけれど、その手を振り払って、足首のへんに花を投げ入れて逃げた。

あのときの感情が、今くっきりと蘇る。心にかかっていた麻酔が切れる。

弱りゆく人の姿も、魂が抜けた肉体も、リアルには一度も見たことがなかった。いや、人間以外ならこの前に……。遭難初日の夜に見た小鳥の死骸が、目の前にフラッシュバックした。ますます怖くなる。パニックになりそうだ。

ドオン、ドオン、と心臓が激しく打っている。恐怖が頭蓋骨の中をぐるぐる回って、クラクラする。息も苦しい。

ダメだよ、ダメだよ、由真もん。私をひとりにしないで。お願いだから死なないで、と、また叫びそうになるのを必死にこらえる。

美玖ちゃんは帰ってこない。救助隊は来ない。どうしよう、どうしたらいい？

ああ、神さま！

そのとき。

バババババ　バババババ

耳があの音をキャッチした。

ヘリの音だ。小さく機影も見える。近視の目にはかすんで見えるけど、それはたしかにヘリコプターだった。

きのうは濃霧で飛べなかったけれど、今日は視界がよくなったから、こうして助けに来てくれたんだ。それにこれまでとちがい、ヘリはどんどん私たちのいる谷に近づいてくる。

ババババ、という音が、力強く頼もしく、大きく聞こえてきた。

機影が、はっきりと見えてくる。

安堵のあまり泣きそうになった。

よかった、よかったぁと、曇り空を見上げる。

「ここでーす！」

木の陰から飛び出し、大声を出して手を振った。

「はやく！　はやくっ！　友だちがだんだん弱ってきてるんです！」

ヘリはさらに近づき、私たちのいる谷の上空まで来た。

「たすけて――っ」

のどが切れて、血が出そうな声で叫ぶ。雨具を脱いで振り回す。

けれどもヘリは高度を下げない。上空を旋回しているだけだ。

どうして？　どうして下りてきてくれないの？　私たちが見えないんだろうか？

「ここです、ここ！　おりてきてーぇ」

叫びもむなしく、ヘリは旋回をやめ、向こうの尾根のほうに飛び去っていった。やはり見つけてもらえなかったのだ。音が小さくなっていく。

がっくりと膝をつくと、ケガしたところが激しく痛んだ。

大きな声を出しすぎて体力を消耗したのか、めまいもする。

しゃがんだまま、そこから動けない。

がんばったけど、私の人生はここまでなんだろうか。

絶、望――。

もう、しかたがない。もう、あきらめたらどうだ。

どこからともなく、灰色の声が聞こえた気がした。

死神？　わずかに残った気力が吸い取られていく。

ママ、ママ、ごめんね。私もう、ママの待つ家には帰れないのかも。

ごめんのひとことも言えず、遺書も書けないまま、ここで命が尽きるのかも。

ママ、必ず治ってね。九〇％の中に入ってね。私がいなくなっても、ちゃんと生きていってね。できればずっとママのそばにいて、ずっと一緒に生きていたかったけれど。かなわないのならせめてママだけでも。

「……ちゃん、亜里沙ちゃん」

灰色によどんだ頭の奥に、ふわりと声が届いた。

ママの声？　ちがう。幻聴？　ちがう。

生きている人間の声だ。かすれているけど血の通った声だ。

振りかえると、由真もんが首をもたげて私を見ている。

「また、来て……くれる。きっと」

やつれきった顔なのに、目には光が宿っていた。

「あたし……、あきらめないから。このままなんにも、伝えられない……まま、消えちゃうのは……やだよ」

由真もんは、まだ絶望していなかった。

こんなに体が弱っていても、希望を捨てていなかった。生きようとしている。取りつきかけた死神と戦おうとしている。

私は足を引きずりながら由真もんのそばに戻ると、ぎゅうっと体を抱きしめた。熱い体。生きている体。

「そだね、そうだね。私もあきらめないよ。きっとまた、ヘリは来てくれる！」

うんうん、と由真もんがうなずいている。ガサガサと新聞紙が鳴る。薄い、半透明のレインコートの下にまとった新聞紙。

私が抱きしめている右肩から背中にかけて、記事の活字がぼんやりと透けて見えた。

「八ヶ岳で遭難の男性　救助」

え？　なにこれ。

それは、太くて濃い見出しの活字だった。その横に、やや小さな字で小見出しが印刷されている。

紙がくしゃっとしていて、他の新聞紙と重なり合い「カメラの」という部分しか見えない。だけど続きを読みたい。これは遭難した人が、救助されたことを伝える記事なのだ。

「由真もん、ごめん。ちょっとこのレインコート脱がせるよ」

そっと脱がせて、その部分の新聞紙を取る。自分の雨具を脱いで由真もんに着せかけ、その記事の部分のしわを伸ばして広げた。

小見出しの活字はこうだった。

「カメラのフラッシュで光のサイン」

フラッシュ？　光のサイン？

食い入るように、続きの小さな字を目で追う。

「八ヶ岳連峰で行方不明になっていた会社員の男性（32）が、七日ぶりに発見され、救助された。下山中足を踏み外し、斜面を滑落した模様。足を骨折しているものの命に別条はなく、長野県茅野市内の病院に収容された。

八ヶ岳連峰は、悪天候が続き捜索は難航。何度か県警のヘリが出動したが手がかりはなく一時は絶望視されていた。発見の決め手になったのは、男性が持っていたカメラ。上空を飛ぶヘリに向かい、何度もカメラのフラッシュを焚き、光でサインを送った。

捜索に当たっていた長野県警山岳遭難救助隊は、『男性がいたのは目視しにくい谷だったが、フラッシュの光に隊員が気がつき、救助につながった。あれがなければ発見は難しかったかもしれない』と話している」

フラッシュで光のサイン。

あれがなければ発見は難しかった。

ああ、私たちもこのままだと、発見してもらえないかもしれない。だって、この男性と同じように、谷にいるのだから。

さっき上空を飛んだヘリが見つけられなかったのは、「目視しにくい谷」にいるせいなのだ。崖から生えている木々が、谷を覆うようにして、上空から見えにくくしているんだ。

なんとか、この人と同じように、光でサインを送ることはできないだろうか。

頭に血が通って、動き出すのを感じた。もうずっと水しか飲んでおらず、固形の食べ物にいたっては、四日前にビスケットを一本と三分の一、口にしただけだ。

脳を働かせるエネルギーなんて、体内にはなんにも残っていないはず。けれど、追いつめられた命は、どこからともなくエネルギーをかき集めているみたいだった。空気中の水分を吸って育つ、エアプランツになったみたいだった。

どうしたらいい？　どうしたらこの人みたいに見つけてもらえる？

まず残念ながら、私たちはカメラを持っていない。

いつもスマホで写真を撮っているし、そのスマホだって落としてしまった。

だからフラッシュは焚けない。ヘッドランプも、美玖ちゃんが持っていってしまった。他に、上空のへりに、サインを送る方法はないだろうか。

カメラのフラッシュのように、まぶしいほどの強い光を。

キラリと輝き遠くまで届く、閃光のような。

キラリ　キラリ　キラキラ……

「あ」

心臓がドクンと跳ね上がった。

リュックに飛びつきファスナーを開け、中に手を突っ込んでかきまわす。

これだ。

丸くて、平べったいものを手のひらに感じた。それをつかんで目の高さにかざす。フェイクジュエリーがたくさんついた、私のコンパクトミラー。

キラキラ光るものが、幸運をもたらす。

あの占いを信じ、これを持って山に来た。

開けると上も下も、もちろん鏡になっている。汚れて黒ずんだ自分の顔が映っている。そしてそれとともに、昔の光景が映像になって鏡の中に再生された。

小学生の私がいる。麦わら帽子をかぶって、マンションの外に立っている。

夏の日曜日だった。強い日差しが空から降り注いでいた。

手に持ったコンパクトミラーを開き、太陽光を鏡に反射させ、マンション七階の自分の家に光を送る。

キラッ　キラッ　キラッ
ベランダの植物に水をやっていたママが顔を上げ、まぶしそうな顔でこっちを見る。それが嬉しくって、また光をママに向けて送る。

キラッ　キラッ　キラッ
あとで私は、ママに怒られたのだ。

「ママだからいいようなものの、まちがえて隣の部屋の人に当てちゃったらどうすんの。ご迷惑でしょ。あの光、顔に当たるとすっごくまぶしいんだから」

まぶしい光。ご迷惑なほど、まぶしい光。

コンパクトミラーを握り締め、空を見上げる。朝は雲に覆われていたけれど、今は雲間から少し日がさしている。あの光をこのミラーで、上空のへリに送ることができたなら……。

もう何時間も私は、空をにらみ続けている。

そして祈っている。

ひとつは救援のヘリが、再び飛んでくること。もうひとつは空が晴れ渡ること。太陽が雲に隠れてしまっては、強い光を送ることができない。

さっきから由真もんが、がさがさに荒れた唇を動かし、なにか言おうとしている。うわごとのようだった。

「なに？」

「……あの……ね、かあ……さ」

やっぱりお母さんに、なにか伝えたいんだ。口元に耳を近づけて聞きとろうとするけれど、よくわからない。額は火のように熱い。苦しげな、あえぐような呼吸もあいかわらずだ。

お願い。なんとか持ちこたえて。

伝えたいことがあるんでしょ？　あきらめないって、さっき言ったよね？

希望を捨ててない由真もんに励まされて、私もぎりぎりのところで踏みとどまっているんだよ。なんとか絶望にのみこまれずにいられるんだよ。

人に頼ってばかりで甘えん坊で、ママがいなくなったら私も死ぬなんて、思っていたこの私が。

生きたい。生きて帰って、今度は私がママを支えたい。支えさせて。

「一緒に帰ろ、由真もん！」

お腹に力を込め、思いを込めて呼びかける。

「美玖ちゃんだって、きっとどこかで生きてるから。私たちまだ、十五歳なんだよ。世界はまだ、知らないことでいっぱいなんだよ。これからいろんなことを経験して、笑ったり泣いたり喜んだり落ち込んだりしながら、大人になるんじゃん。こんな山奥で終わりたくないじゃん！」

由真もんが薄目を開けた。私の顔を見て、ほんのかすかにほほ笑んだ。

そして空を見上げた。目が少し大きくなり、唇がわずかに動く。

「ん？　なに？」

由真もんの視線をたどって空を見上げ、息を止めた。

ヘリだった。遠くのほうに小さく機影が見える。飛行する音が、徐々に大きくなって近づいてくる。

今、このチャンスを逃したらおしまいだ。なんとしてでも気づいてもらわなければ。

コンパクトミラーをしっかり握り締め、木の陰から飛び出した。一瞬、ケガしたほうの膝ががくんとなり転びかける。けれど体勢をたてなおし、沢の方向に走りながら、空に向かって手を振る。

「おーい！　ここでーす！」

ババババ　ババババババ

大きな機械音が、上空から降ってくる。私から見て、時計の二時の方向。まだ遠くて高いところにいる。地上で叫んだところで、私の声はとてもヘリまでは届かない。

光を！　このミラーで光のサインを！

コンパクトミラーを開き、太陽に向ける。けれど、なんということだろう。風で流れた雲が太陽を覆いかくして、薄暗くなってしまった。

「お願い！　出てきてっ」

太陽に向かって怒鳴る。

「そこ、どいてっ」

今度は雲に向かって怒鳴る。

ヘリは、大きな円を描くように旋回を続けている。けれど、このままここに留まってはいないだろう。私たちがいないと判断すれば、これまでみたいに飛び去ってしまうにちがいない。

旋回しながら、徐々にヘリが離れていく。力の入らない足を引きずりながら、そのあとを追う。私たち、ここにいます。ここにいるんです。どうか見つけて。

お願い。お願い。お願い！

魂のすべてをささげるようにして、祈る。祈りながら、走る。

「あっ」

膝ががくんと折れ、岩が露出した地面に激しく転んだ。握り締めたコンパクトミラーが、前のほうに転がっていく。這いずっていって、再び握り締める。

雨具の袖の部分が破れてボロボロだ。手首は岩で、おろしかけた大根みたいに削られている。けれど痛みはもうなにも感じなかった。

「あきらめない」

声に出して言う。

「絶対に、あきらめない」

さあっとあたりが明るくなった気がした。倒れたまま見上げると、雲間から夏の太陽が顔を出している。光がさんさんと、地面に降り注いでいる。

よろめきながら立ちあがると、私はコンパクトミラーを開き太陽にかざした。うまく光を受け止められているだろうか。

震える腕をもう片方の腕で押さえつつ、太陽光がヘリに反射するよう、角度を調整する。張り出した木々の間から、空に向けて光を放つ。

小学生だった、あのときのように。ベランダのママに光を送った、あのときのように。

キラッ　キラッ　キラッ

届け、届いて。私たちの命の光。

まだ、生きてる。ちゃんと生きてる。今までだって、これからだって。

ヘリが方向転換した。

まっすぐに、こちらへ向かって飛んでくる。

高度も下げたようだ。プロペラの音とエンジンの音が、ますます大きく聞こえてくる。

ババババババ　ババババババ

鼓膜が破れそうな爆音。そして上空から吹き下ろされる、すさまじい風。

体がよろめく。足もとから枯れ葉や砂が舞い上がり、小石まで吹き飛ばされてピシッと肩に当たってくる。

顔の前に手をかざして防ぎつつ、足を踏ん張り空を見た。

ちぎれそうになびく枝葉の向こうに、空中停止するヘリが見える。機体から身を乗り出し、こちらを見下ろしている人がいる。

ぼんやりとしか見えないけれど、ヘルメットにサングラスの男性のようだ。

私を指さし、なにか叫んでいる気配。もうひとり、同じ格好の人が現れて、やはりなにか叫びながらさかんに手を振っている。

見つけてもらえた。助けてもらえる。
手を振りかえしたとたん、全身の力が抜けた。
再び地面に倒れ込み、そのままなにもわからなくなった。

# DAY 6

## 3:50p.m.

川上由真

また夢を見ていた。

母さん、あたしね……。

母さん、あたしね……。

ガラガラガラ　ガラガラガラ
振動と音に、ふっと目を覚ました。

台の上にのせられて、あたしは運ばれていた。自分の口のあたりに、薄青い酸素マスクがつけられているのが、うっすら見える。青緑色の服を着た人たちの背中も見えた。

上に視線を移すと、蛍光灯の点いた灰色の天井がどんどん後ろに流れていく。

「あ、目、開けてる。自分の名前、言えますか――?」

髪の毛をひとつに束ねた女の人が、のぞきこんできた。聴診器を首から下げている。

口元の酸素マスクが少し、ずらされた。

「……かわ……かみ……ゆま」

「ここ、どこかわかる？」

「……びょー、いん？」

「ああ、意識レベル回復してきてる」

先頭の男の人が、振りかえってにっこりと笑いかけてきた。

「もうだいじょうぶだからねー。六日も山ン中でよく耐えたよ。もうひとりの子が、鏡を使って救助要請してくれたおかげだね」

「……あの……あり……さ……ちゃんは？」

「他の病院に運ばれたから安心して。たぶん、膝の靱帯を損傷してるけど、命には別状ないから」

「みく……ちゃん、は？」

返事はなかった。そのかわり、のせられた台がぐいっと角をまわった。

とたんに何人かがバラバラと駆け寄ってくる。

「由真っ、由真っ！」

ああ、母さんの声だ。

「よかったー、生きててくれてよかったぁ！」

顔はノーメイクで、眉毛はマロになっている。いつもはてっぺんにかわいくまとめている髪は、バサバサに肩に散っていた。握り締めてくる手は氷みたいに冷たかった。

でも母さんだ。会って話しかけたかった、あたしの母さん。

「由真ちゃん、ほんとによかったよー。この六日、もう生きた心地もしなくてさぁ」

これはパパさんの声。母さんのそばで、目をしょぼしょぼさせている。

誰かの熱い手が、あたしのもう片方の手をがしっと握り締めた。

「由真っ、由真っ」

父さんだ。

「だいじょうぶか？　がんばったな。ほんとうに、よく耐えた！」

涙声で言うと、振りかえってお医者さんに聞いている。

「そそ、それで、由真の容体はどうなんですか？」

「肺炎と……、あと脱水にもなってると思いますね。まあこれからいろいろ検査させていただきますので、ご家族の方はそちらでお待ちください……あれ？　お母さん？　お母さん？」

廊下の隅で、母さんがしゃがみこんでいる。

「だ、だいじょーぶですぅ……。ホッとしたら……なんか、めまいが……」

「あったりまえだよ、おまえ、全然寝てないんだから」

パパさんが母さんを助け起こしている。

父さんはまだ、お医者さんに食い下がってギャンギャン言っている。

「肺炎って、どの程度悪いんですか？　由真はちゃんと治るんでしょうね？　他の内臓とか、骨とかはだいじょうぶなんですかっ」

みんな来てくれた……。

再び酸素マスクをかぶせられ、いろんな機械がある明るい部屋に運び込まれながら、あたしは思った。

みんな、みんな、待っててくれたんだね……。

亜里沙ちゃんの家族も、美玖ちゃんの家族も、きっと待ってる。

美玖ちゃん、美玖ちゃん、どうしてる？　ちゃんと生きててくれてるよね？

# DAY 6

## 4:11p.m.

坂本美玖

薄紫のもやが、あたりに立ちこめている。

視界はかすんでいて、ここがどこなのかさっぱりわからない。けれど雲の上にいるように、ふわふわと心地よかった。ちょっと前まで、地面の上だったように思うけど、あれは夢だったんだろうか。

まあ、いいや。寝よう。

疲れちゃったし、眠たいし。

ん？ さっきも同じことを思った気がする。ってことは、まだ夢の中にいるんだろうか。それとも、現実？ どっち？

それよかわたし、今、生きてるんだろうか。死んでるんだろうか？ どっち？

「……おねえちゃん……おねえちゃーん……」

ふいに、遠くから声が聞こえてきた。

誰？　呼んでいるのは。

わたしには「おねえちゃん」と呼んでくれるような、弟や妹はいないんですけど？　いるのは、大学生の兄だけですけど？

そういえば兄ちゃん、どうしてんのかな。カノジョとデート、ちゃんと行けたんだっけ？　父さんや母さんは、今日も仕事かな。

あれ？　わたし、なんか重要なことを忘れてる気がするんだけど……。

「おねえちゃん！　おねえちゃん！」

今度は、耳元で大きな声がした。

うるさい。せっかく寝ようとしてるのに、ちょっと静かにしてほしいんですけど。

ペチペチ
頰に、なにかの感触を感じる。

ペチペチ　ペチペチ
痛い。やめてよ、人の頰っぺたをたたくのは。

不機嫌なまま目を開けると、光が飛び込んできた。太陽の光？　まぶしくって目を細める。薄紫のもやのかわりに、水色の空が見えた。何人かの人がわたしを取り囲み、のぞきこんでいる。

「おねえちゃん、気がついたか。あー、よかったよかった」

「ほんとになあ。もうそろそろ、ダメかと思ってたけどよ」

薄目のまま見渡すと、全員人相の悪いおじさんだった。あごひげを生やしている人、黒いサングラスをかけている人、そして、銃を持っている人……。

銃？

え？　ちょっとこれ、やばい人たちなんじゃないの？

がばっと上半身を起こすと、頭がクラッとした。同時に目の前が灰色のモザイクになり、再び仰向けに倒れ込む。誰かの手が、わたしの体を支えた。

「あーあー、無理しないで寝てなさい。もうすぐ救助隊の人が来るから」

「……おじさん……たち……、誰……」

「ああ、わしらは、地元猟友会のものでな。日頃はイノシシやらシカやら撃ちよるものなんじゃが、女子高生が遭難したっていうんで、捜索に協力してたんだわ」

「……そーなん……」

「ああ、もう今日で六日目だろが。半分あきらめかけとったが、今朝沢の下流で、これを見つけたもんで」

灰色のモザイクが徐々に取れ、視界がぼんやりと戻ってくる。ド派手な蛍光オレンジのキャップが目に入る。これって、由真もんと交換したものだ。たしかパパさんが貸してくれたもので、水を弾く素材のキャップとかで……。

「由真もんは？」

自分でも驚くほど、大きな声が出た。

「亜里沙は？　ねえ、ふたりはどうなったの？」

再び起き上がろうとして、あごひげのおじさんに押さえつけられた。

「起きちゃいかんよ。そのまま、そのまま。だいじょうぶだから。ふたりとも無事救出されたから。今ごろはもう、病院に運ばれとるだろう」

「……病院……」

「ようやったなあ、おねえちゃん。おねえちゃんのおかげで、みんな助かったんだぞ」

「ちがう」

首を横に振る。

スマホのバッテリーが切れた瞬間の絶望感が、今ありありと蘇ってきた。

「わたし、また中途半端だった。全然ダメだった。バッカみたい」

「なーに、言っとるんだか」

銃を持ったおじさんと黒いサングラスのおじさんが、ハハハと笑う。

「あんたが電話してきたおかげで、生存しとることがみなにわかったんじゃないか。でなきゃあ捜索活動が、縮小されてしまうところだったんだぞ。救助の人員が減らされて、ますます見つからなかったかもしれん。よかったなあ。友だちを助けることができて」

まだ半分霧がかかったような脳内で、動画があの朝に早戻しされ、ゆっくり再生されていく。

由真もんと帽子を交換し、ふたりと別れた朝。よじ登った岩の急斜面、そこからまた立ちはだかった下りの崖、震える足、突風。落下した草むら。激痛。足を引きずりながら、目指した尾根――。

「無駄じゃ……なかった……」

知らず知らずに、目じりから涙がこぼれる。

「……わたしが……、崖を、よじ登ったり落っこちたりしながら……、必死にここまで来たことは、無駄じゃなかったんだね？　亜里沙も由真もんも……、ちゃんと救助してもらえたんだね？」

「ああ、あんたが助けた」

あごひげのおじさんが、ほほ笑んで何度もうなずいた。

「ほんであんたを助けたのは、この帽子」

キャップを手に持って、ひらひらと振る。

「山では、こういう蛍光色がいっちゃん目立つんだわ。沢のふちに流れ着いてるのが、すぐ目についてな。特徴を無線で本部に連絡したら、遭難した子のお父さんが、出がけに貸した帽子だっていうじゃないか。で、落ちてたとこから上流をたどってね。この辺の沢は、支流が入り組んでいてなかなかたどりつけんかったけど、あきらめんでよかったぁ」

「ほーんと、この帽子がなかったら、手遅れになってたかもしれん。あんた、お父さんに感謝せんといかんよ」

「ありがと……ございます」

わたしは感謝した。自分の父親じゃなく、由真もんのパパさんに。

それから猟友会のおじさんたちにも、あの世から交信してくれたじいちゃんにも。

「ありがとうございます」

心配して待っているだろう家族全員に。捜索を続けてくれた救助隊の人たちに。共に生き抜いてくれた亜里沙と由真もんに。

ありがとう、ありがとう。

生きている。命がある。ただ、それだけで十分だ。

# エピローグ——坂本美玖

「おまえって、悪運強いのな。よくこの程度で助かったもんだって、みんな言ってる」

見舞いに来た兄ちゃんは、プリンを冷蔵庫に入れるとベッドサイドの丸椅子に腰を掛けた。救助されて入院して、もう五日ほどたっている。

「ほんとだね」

駆けつけた救助隊の人におんぶされたときには、安心と疲労でことっと意識がなくなりかけ、隊員の人に怒鳴られた。

「まだ助かってないからな！　気を抜いたらダメだ！」

あとで聞いたら、救助した人を安心させすぎるといけないんだそうだ。張りつめていた気持ちがゆるんだとたん、体もグダグダになってそのまま力尽きる……というケースがあるんだとかで。

実際、わたしの右肩は脱臼したうえに骨折していて、手術が必要だった。左足首の骨には、ひびが入っていた。あと気がつかなかったけれど、三本の肋骨も折れたりひびが入ったりしていて、低体温症のうえに脱水にもなっていた。

尾根に近い草むらに倒れていた間のことは、断片的にしか覚えていない。

のどが渇いて水筒の水を飲もうとしたけど、体が痛すぎて落っことしたこととか。その水筒が斜面をコロコロ転がって、どこかに行ってしまったこととか。

風が吹いたり雨が降ったり霧に包まれたり、なーんか山の天気ってほんと変わりやすいよなー、天気図も勉強しとけばよかったなー、って思ったこととか。

夏なのに冷たいなあ、寒いなあ。誰か暖房つけてくれよ、なんて思ったこととか。

「命拾いって、このことだよな」

ベッドサイドで兄ちゃんが、腕組みをしてしみじみと言う。

たしかに。水筒は拾えなかったけど、命は拾えた。

「由真ちゃんだって、ぎりぎりのところだったもんな。ひどい肺炎になっててさ、CT撮ったら肺が真っ白だったって。もう一日救助が遅れたら危なかったらしい。けど、おまえより先に、あさって退院できるってよ」

「よかった……。亜里沙はもう退院できたんだよね？」

「うん。あの子は、膝の靭帯損傷と目の炎症くらいだったからな。しかしまあ、靭帯損傷しててよく走れたなって医者は感心するし、あの状況で、よく鏡で光を送ってくれたって救助隊も絶賛するし。ほんっと亜里沙ちゃんってタフだよな。なんか、お母さんも気丈な人でさ。マスコミの取材にも『娘が生きてるってこと信じてましたので、まったく心配はしていませんでした』なーんて言ってたぜ。あの子がタフなのはお母さんの遺伝かな」

亜里沙がタフ？

首をかしげる。最初は人に頼ってメソメソして、全然そんな感じじゃなかったけれど。けれどたしかに、だんだん亜里沙はタフになった気がする。ほんとうに追い込まれると、人間、強くなるしかないのかもしれない。

亜里沙ママだって、まったく心配してなかったなんてありえないと思う。うちの両親なんてわたしが救助されたあと、どっと疲れが出て二、三日寝込んでしまったらしい。

亜里沙ママのことはよく知らないけれど、娘の無事を疑ったりしたらその場で倒れそうなくらい、実は心が弱っていたのかもしれない。無理やりにでも信じていないと、ぷつんと糸が切れそうだから、不安のスイッチを切っていただけなのかもしれない。

六日間も遭難していた、今だからこそわかる。わたしたちもたびたびそうやって、心を守っていたから。

「……けど、マスコミの取材って……」

枕元の兄ちゃんのほうに、そろそろと首を回した。まだ慎重に動かさないと、あちこちが痛む。

「わたしたちのこと、いろいろ報道されてたの？」

「んー」

兄ちゃんは天井を向いて、しばし無言になり、「まあ、だいぶ回復したし、どうせあとからわかることだし、今言っとくか」とつぶやいた。

「なに？　なによ」

「実はおまえらの遭難のことさー、ネットで炎上しかかったんだよね」

「炎上？　なんで？」

「まあ、いろいろ言うやつは言うわけよ。助かってよかったって声もたくさんあったけど、なかには批判もな……」

小さな声でボソボソと説明する。

「女子高生三人が、軽装備で登山して遭難だと。山をなめてんのか、とか」

「あー」

「脳内お花畑のレジャー客を、命がけで助ける救助隊の人、気の毒すぎ、とか」

「あー」

「救助にかかる金は、俺たちの税金からも出てるんですけど、どうせわかってないんでしょうね、こいつら、とか」

「あー」

「メ、メンバーのひとりは、元登山部らしい。と、登山部で、なな、なに教わってたんだ、とか」

最後のところはいちばん言いにくそうで、口ごもりながらモゴモゴつぶやいた。

さすがに落ち込んで病室の天井をにらむ。泣きそうだ。

そうだよね、言われてもしかたないよね。遭難初日に、亜里沙が言ってたことを思いだす。

――ニュースになるよ。SNSで叩かれるよ。勝手に山に登ったんだから自己責任だ、人騒がせな、って言う人が必ずいる。それに、救助隊にお金も払わなくちゃやだし――

「あの……お金は？　お金はいっぱいかかった？」

必死に聞くと兄ちゃんは、ポンポンと軽くわたしの頭をたたいた。

「まあ。心配すんな。警察とかが捜索する費用は公費で賄われるから、ゼロだったよ。だからまあ、俺たちの税金だとかなんとか、文句言うやつも出るわけだけど」

「そっか。叩かれんのはやだけど、でも、無料でよかった」

「けど今回、猟友会の人とか、地元の消防団の人も捜索に協力してくれただろ。そっちは日当を払わなきゃなんねーの。合計八十万ほど……」

「はち、じゅう、まん！」

絶句する。白目になりそうだ。

「わわわ、わたし、よくなったらバイトするから。バイトして、そのお金返すから」

「そんなこと、今は気にすんな。三人分の命の値段にしたら、特売セール並みだろ」

「け、けど、なんか、すんごい迷惑かけちゃって……。わたし、元登山部なのにさ」

反省と後悔が、再び押し寄せてくる。

地図読みも天気図の勉強もいやで、登山部やめて。

なのに、えらそうにリーダー面して、山に登って遭難して。

甘かった、考えが浅かった。そして初めて山に登る亜里沙と由真もんを、命の危険にさらしてしまった。ちなみに初日に行こうとした温泉は、とっくの昔に閉館していたそうだ。

「もしかして、わたし学校から、なんか処分されんのかな」

心細くなって聞いてみる。

実は夏休み前、隣町の高校の生徒が迷惑動画をネットにあげて大騒ぎになり、さんざん炎上したあげく自主退学するという事件が起きていた。なんでも、ドラッグストアでサンプルの大人用おむつを盗って制服の上から穿き、お年寄りを侮辱する言葉を吐きながら、ダンスを踊っている動画だったらしい。

　うちの校長もそれでピリピリしていて、我が校の生徒は、こういう世間を騒がせる不名誉な行動は決してしないと信じております……、なんて文面が、わざわざプリントになって配付されたくらいだ。

「まあ、たしかに、みんなに心配かけたよなあ。富樫先生なんか、もうじっとしてられなかったみたいで、地元消防団に合流して捜索に加わってくれてたんだぜ。俺も現地の本部で会ったけど、疲れきってげっそりした顔しててさ。それから、おまえの処分だけど……」

　急に兄ちゃんは笑いを含んだ顔になり、ポケットからスマホを取りだした。

「これ、見てみ」

　あたしの耳にイヤホンを装着し、スマホの画面を操作するとこっちに向け、動画を再生し始めた。

　それは記者会見の動画だった。

　うちの高校の校長と教頭、そしてなぜかトガちゃんが並んで、テーブルの向こうに立っている。椅子は出ているけれど座らず、あえて立っているようだった。

「えー、今回は本校の生徒が、たいへんなご心配、ご迷惑をおかけしましたこと、心よりお詫びを申し上げます。たいへん申し訳ございませんでした！」

校長と教頭が深々とお辞儀をし、トガちゃんはちょこっと頭を前に倒して、すぐに上げた。カメラのシャッター音。そして、フラッシュ。

「幸い、県警の救助隊の方々、並びに地元の関係者の皆様の、並々ならぬご努力のおかげで三人の生徒は無事に救出され、それぞれが回復に向かっております。皆様のご尽力に、誠心から御礼を申し上げます」

またお辞儀。またシャッター音とフラッシュ。

「と、同時に、わが校の生徒が、行き当たりばったりの行動と不十分な装備で登山を決行し、こうして世間をお騒がせ致しましたこと、たいへん遺憾に思っております。私どもと致しましても、非常に責任を感じている次第でございまして……。当該の生徒には適正な処分、指導を検討しているところでございます。特にメンバーのひとりは登山部ということで、部活での指導が至らなかったという点、指導力不足を痛感しております。えー、本日は顧問も同席しておりまして……。富樫先生、登山部顧問としてひとことお詫びを」

トガちゃんが、いかにも面倒くさそうな顔でマイクを手に持った。

「えー、どうも、すみませんでした」

軽い口調。どことなく、人を小バカにしたような表情。

夜の沢に出てきたトガちゃんには、無精ひげが生えていたけど、動画のトガちゃんはきれいにひげをそっていた。けれど目の下が黒くて、疲れた顔をしているのは同じだった。

「ひとつ訂正させてください。今校長が、メンバーのひとりは登山部って言ったんすけどね、正確には元、登山部なんっすよ。あいつこの前やめちゃいましたからね。鎌月岳に登山したときには、もううちの部員じゃなかったんです」

会見場がザワザワとする。

「だからー、正直、部活やめたやつのことまで責任とれないっすね」

会見場、さらにザワザワ。校長と教頭があわあわした顔になり、呪い殺しそうな視線でトガちゃんを見ている。

「だいたいですねー」

トガちゃんは椅子にどっかり腰を下ろし、えらそうに腕を組んだ。

「地図も天気図も読めねえくせに山に入るから、こんなことになったんすよ。おれ、あいつが部活やめるとき、言いましたよ。一生山には登んなって。それを無視して、初心者ふたり連れて山に行って遭難して、こんだけ人に心配かけて、ほんとバーカって言ってやりたいっすよ。あんなやつにノコノコついていった、他のふたりも同罪ですね」

「と、富樫先生、ちょ、ちょっと言葉を慎んでください。まだまだ未熟な未成年のやったことですから」

「山に登んのに未成年もへったくれもないです。ぜーんぶ、あいつらが自分で招いたことじゃないですか。けどね、あのうみなさん、こういう言葉知ってます?」

会見場をぐるっと見渡す。

「冒険とは、死を覚悟して、そして生きて帰ることである」

とつぜんの問いかけに、記者さんたちがとまどって顔を見合わせている。けれどしばらくして、

「はいっ」

女性の記者さんが手をあげた。

「それ、冒険家の植村直己さんの言葉ですよね」

「当たり! 日本が誇る偉大な冒険家、植村直己さんの言葉です。おれね、十代のころ、植村さんの書いた本読みまくって、めちゃくちゃリスペクトしたんですよね。けど植村さん、こんないいこと言っといて、自分は生きて帰ってこなかったんすよ。アラスカの山に冬季単独登頂したあとに消息を絶って、いまだに帰ってきてないんですよね。おれ、そこがすげー悲しかったし、ずっと残念に思ってます」

会見場がシーンとする。

「けどー、あいつらは帰ってきたんですよ! 六日も山ン中で、テントもシュラフも食いもんも

なくて、たぶん死を覚悟した瞬間もあったんじゃないですか。けど、ちゃーんと生きて帰ってきた。ある意味、植村直己超えっつーかね。そこだけは、ちょっと褒めてやってもいいかなって。高校生三人、まあ、立派だったんじゃないすかねえ」

トガちゃんの圧に押されたのか、記者さんたちがうんうんといっせいにうなずいている。

「しかし校長のおっしゃるとおり、いろんな人に心配や迷惑をかけたのはよくない。もうあいつら全員、夏休み終わるまで停学ってことでいいんじゃないですか？　ねえ、校長」

煙に巻かれたような表情で、「そ、そうですね」と校長がぽろっとつぶやいた。

「では、三人の生徒さんたちは、夏休みが終わるまで停学処分ということで」

さっきの女性記者さんが、笑いをかみ殺したような声で発言した。

あはは、わははとあちこちで笑いが漏れ、続いてパチパチと拍手が起き、スマホの動画はそこで終わった。

「……ってことで、おまえら夏休み終わるまで停学だから」

兄ちゃんが笑いながら言う。

「けど、しばらくネットが騒がしかったんだぞ。『夏休み終わるまで停学』と『登山部顧問』がそろってトレンドワードになったりさ。富樫先生のこと、おもしろがるやつもいれば、結局責任逃れだろ、態度も悪いって叩くやつも出てきてさ。けど幸いっていうかなんていうか、ちょうど政治家の失言が大炎上して、批判の矛先、全部そっちに行っちゃった。まあ、そんなこんなでノープロブレムだから」

九月三日の金曜日。

ひびの入った足首をギプスで固め、右腕を三角巾で吊り、肋骨のところにはバストバンドを巻いている、という状態でわたしは退院をした。

これからは近所の病院で診てもらいながら、リハビリをすることになる。再来週には学校にも復帰する予定だ。結局「夏休み終わるまで停学」は、ふざけすぎだということで職員会議が開かれて、「校長訓戒」という形に修正された。

体が回復してから、反省文を提出することで許してもらえるらしい。

久しぶりに自分の部屋に戻り、椅子にそっと腰を下ろす。

左手で机の引き出しをそろそろと開け、奥のほうにしまいこんでいた写真たてを取りだした。

小学生のわたしとじいちゃんが写っている。昔、一緒に山に登ったとき、テントの前でふたりで撮った写真だ。じいちゃんが急死したあと、見るのも辛くなって、引き出しにしまいこんでいた。

久しぶりに見る写真のじいちゃんは、日に焼けた陽気な笑顔でこっちを見ている。

（帰ってきたよ、じいちゃん。じいちゃんのおかげで帰れたよ）

声に出さずに話しかけてみる。

ザックの中の新聞紙。そこに載っていた記事。

あれのおかげで由真もんは寒さをしのげ、亜里沙はヘリに光のサインを送れたと聞いている。

（ありがとね、じいちゃん）

今となっては、幻覚だったのか、夢だったのかもわからない。けれどわたしはあの山の中で、たしかにじいちゃんの姿を見、声を聞いた。勇気をもらい、行動を起こせた。励まされて、メンタルを保てた。

やっぱりじいちゃんの霊は、わたしのそばにいたと思う。

（けど、あのトガちゃんはなんだったんだろうね？）

沢でビバークしたときに見たのは、じいちゃんだけじゃなかった。トガちゃんもたしかに見たんだよ。手に取るようにありありと。そして言われた言葉は、やたらにはっきりとした、ぐうの音も出ない、トガちゃんらしい言葉だった。

——人生にはさ、親ガチャはずれたとか、自分ではどうしようもない要素があるわけよ。けど登山に山ガチャはずれとかないし。ぜーんぶ自分が好きこのんで選んだ結果だし——

あの記者会見のときと同じく、毒舌で厳しくて、ごもっともです、とうなだれるしかない言葉。けど、トガちゃんはトガちゃんなりに、わたしたちのこと本気で心配してくれてたんだ。あまりに心配しすぎたから魂が生き霊になって、夜の沢まで飛んできちゃったのかも。なんちゃって。

とにかく命を拾ったわたしは、これからも生きていけることになった。

さて、どんな人生を、わたしは好きこのんで選べばいいんだろうか。

（とりあえず……槍ヶ岳、どうしよう）

霊のじいちゃんは、まだあの約束を果たしてもらっていないと言った。山を嫌いにならないで

くれ、とも言っていた。

もう一度あそこを目指すべきなんだろうか。父さんや母さんは、もう二度と山には登らないで

くれって泣いてたけれど。

急にぶるっと全身に震えが走った。崖から転落したときの無重力な感覚が、まざまざと蘇っ

てくる。頭から血の気が引いて、クラリとする。

救出されてしばらくは、よかったよかったという気持ちしかなかった。けれど日がたつにつ

れ、あの体験がたびたびフラッシュバックして、得体のしれない不安にとらわれることがある。

それは、亜里沙と由真もんも同じみたいで……。

ポケットからスマホを取りだして、メッセージアプリを開く。亜里沙と由真もんとわたし、三

人のグループトークだ。

いちばん先に退院した亜里沙は、入院中のわたしと由真もんに、ときどきメッセージを送ってくれていた。

ふたりとも、早くよくなりますようにとか。

退院した日に食べたお寿司が、おいしかったよとか。

通院先のお医者さんが、うちの高校の卒業生なんだってとか。

松葉づえにチェックの布カバーをつけたら、かわいくなったとか。

そういうたわいのない話題ばかりで、山でのことはいっさい書いてこなかった。けれどついさっき、こんなメッセージが届いたんだ。

《私ね、今も心がちょっと変なの。ぐらぐらふわふわしてるんだ》

亜里沙が遭難後の心境を書いてきたのは、これが初めてのことだった。

《あたしも》

由真もんの返信は、たった四文字だった。スタンプさえない。ひどい肺炎からようやく復活したところだから、メッセージを打つのさえ疲れるんだろうか。

いや、ちがう。だってお寿司や松葉づえの画像には、明るく反応していたじゃないか。

ふたりとも、あの日々をまだ受け止めきれてないんだと思う。わたしも同じ。みんなあの記憶を、今の気持ちを、どうしていいやらわからない。

ぐらぐらふわふわ。

それはケガとか、体が弱ったことから来てるんじゃない。もっと深い部分から、自分の存在を揺さぶられている感覚だ。ここはもう安全な場所であるはずなのに、また足元が崩れて、土の中にのまれていきそうな不安。

大自然の中に放りだされたわたしたちは、ただの小動物だった。水がなければ渇き、食料がなければ飢え、寒さに震え、闇におびえる。電気もなくて、薬もなくて、そのうち固く冷たくなって土にかえる。

今までの人生、悲しいこともいやなこともあった。けれど基本、命は安泰だと思っていた気がする。若いわたしたちは守られていて、この命は地球より重くて、踏みしめている大地はどっしり揺るぎなくて、その気になればどこまでも歩いていけると信じてた。

それが今、ぐらぐらふわふわしてしまったんだ。

自転車のタイヤから空気が漏れるように、心の傷口からエネルギーが抜けていく感じがする。せっかく生きて帰ってきたのに、なんて情けないんだろう。こんな気持ちを抱えたまま、これからどう進んでいけばいいんだろう。不安だよ。怖いよ。ねえ、じいちゃん、どうしたらいい？

心細い気持ちで、再び写真たてを手に取る。まだ元気だったじいちゃんと、小学二年のわたし。

一緒に登山した、夏の日のことを思いだした。途中で歩けなくなってしまったわたしは、自分の足で登れないのが、くやしくて情けなかった。

「まだ歩けるもん。わたし、弱虫じゃないもん」

じたばたしながら、そう叫んだと思う。

そんなわたしを抱いて歩きながら、じいちゃんは言ってくれたんだ。

たしか……、たしか……。

「人間ちゃ不思議なもんでな。自分の弱さを受け入れたもんだけが、真に強うなれるがやちゃ」

意味がわからなかった、あの言葉。

今初めて、すうっと胸にしみこんできた。乾いてひびわれた地面に降ってきた、雨みたいだ。

わたしは、自分の弱さを受け入れられるだろうか。このぐらぐらから、このふわふわから、再び自分を信じて歩き出すことができるだろうか。

心の片隅にポッと、小さな電球みたいな光が灯った。光はだんだん輝きを増していって、静かにわたしの中を照らしていく。黒かった魂がこげ茶色になって、茶色になって、そして赤く染まっていく。

あ、モルゲンロート……。

八年前の光景が、くっきり目の前に広がった。

夜から朝へのその一瞬、光が世界を照らし出す。

朝日を浴びて、真っ赤に輝く山々。拝みたくなるくらいの尊い景色。神さまがお日さまを操って、世界の色を塗り替えているような。

わたしは未熟で中途半端で、山に限らずこれからの人生、また道に迷うかもしれない。少しの油断に足をすくわれ、深い谷底に落ちるかもしれない。

けれど……。

再びスマホを取りあげる。

さっき亜里沙と由真もんが送ってきたメッセージに、考え考え返信を打つ。

《ここから、また歩くしかないよね？》

少し間があって、ふたりの既読がついた。

《今度は自分の現在地を確かめながら、ゆっくりと一歩ずつ》

すぐにふたりの既読がつく。

しばらくして、着信音が二回鳴った。

クマのスタンプと、ふわふわした髪の女の子のスタンプだ。

クマは神妙な顔でうなずいていて、女の子はキリッと眉を上げ、こちらに向かって敬礼をした。

# 山で遭難しないために

**長野県の山岳遭難防止アドバイザーを務める羽根田治さんから、遭難を防ぐための五か条を教えていただきました。**

**（文責：安田夏菜）**

## 羽根田治

1961年、さいたま市出身、那須塩原市在住。フリーライター。山岳遭難や登山技術に関する記事を山岳雑誌や書籍などで発表する一方、沖縄、自然、人物などをテーマに執筆活動を続ける。主な著書にドキュメント遭難シリーズ、『ロープワーク・ハンドブック』『野外毒本』『パイヌカジ』『トムラウシ山遭難はなぜ起きたのか』（共著）『生死を分ける、山の遭難回避術』『人を襲うクマ』『十大事故から読み解く山岳遭難の傷痕』などがある。近著は『山はおそろしい』（幻冬舎新書）、『山のリスクとどう向き合うか』（平凡社新書）『これで死ぬ』（山と溪谷社）など。2013年より長野県山岳遭難防止アドバイザーを務め、講演活動も行なう。日本山岳会会員。

## 1

### 自分の力量に合ったコース選び

山をなめてはいけません。登山は実はとても体に負荷がかかるスポーツ。サッカーやテニス、水泳やエアロビクスなどの運動強度に匹敵します。自分の体力を過信すると、なんとか登れたとしても下りで力尽きることも。疲労で足を踏み外し、登山道から転落すれば命にもかかわります。

## 2

### 情報をできるだけ集め、頭の中でシミュレーション

これから登る山の全体図をしっかり把握し、頭の中で登山のシミュレーションをしておきましょう。急な登り坂や下り坂、危険な岩場、休憩できる場所やトイレ、山小屋の位置などがわかっていれば、ペース配分に役立ちます。また情報収集にインターネットは欠かせませんが、個人が投稿し

た山行レポートや登山動画には要注意。山の魅力や楽しさばかりが強調された投稿が多く、険しい山も軽く登れるかのように錯覚することがあります。

3

## 山にひそむリスクを知る

山の中は町とはちがいます。お店もトイレもなく、スマホの電波も圏外だったりします。ケガや急病のとき、町ならすぐに救急車が来てくれますが、山ではそうはいきません。山岳救助隊などが捜してくれますが、救助には時間がかかります。そんな高い山には登らないからだいじょうぶ、と安心しないでください。低い山は作業道や獣道などが錯綜していて、かえって迷いやすい場合があります。登山届は必ず提出し、たとえ日帰りでもヘッドランプとエマージェンシーシートは、必ず持っていきましょう。

4

# 悪天候のときは計画を中止、または変更する

ずっと前から計画し、楽しみにしていた登山。少々天気が悪くても、行けばそれなりに楽しいはず、と強行するのは禁物です。冬の雪山はもちろんのこと、夏山でも悪天候による遭難が後を絶ちません。落雷、大雨による川の増水。突風に吹き飛ばされて斜面を滑落したり、濃霧で道を見失ったり。標高が高くなると気温が低くなり、夏でも低体温症になることがあります。登山の数日前から天気予報に注意し、天候によっては計画を中止・変更する勇気が必要です。

5

## 地図で現在地を確認しながら行動する。

スマホに地図アプリを入れたから、もう安心と思ってはいませんか？地図のダウンロードを忘れていては便利なアプリも役立ちません。また、スマホのバッテリー切れの心配もあります。予備のバッテリーは必ず持っていきましょう。

地図アプリはたしかに便利ですが、画面が小さいため、山域全体を確認するには不向きです。紙の地図も併用し、分岐点などをこまめに確認して、自分の現在地を見失わないように。もし「あれ？」と思ったら、確認が取れていた場所まで引き返すのが基本です。

「ここまで歩いた労力が無駄になる」「下りていけば、なんとかなるんじゃないの？」という思考に陥りがちですが、それが遭難の入り口です。戻る道がどんなに登り坂でも、必ず引き返してください。

## あとがき　それでも人は、山に登る

本編とおまけページを読んでくださったみなさま、ありがとうございました。

ここまで読んで、「山って恐ろしい」と感じてしまった読者さんも多いのではないかと思います。まだ山に登ったことのない人たちに、怖いイメージばかり与えてしまったかもしれません。

けれども山には、得もいわれぬ魅力があります。こういう危険があると知っていても、それでも登らずにはいられないほどの。

わたしも山に心を奪われたもののひとりです。海外旅行にもたくさん行きましたが、それとはまったくちがう魅力です。乗り物に乗って、横に移動するのではなく、自分の足で縦に移動する。ただそれだけのことで、こんなにもちがう世界を見られるだなんて。

お店も水道もない登山道を、重たいザックを背負ってひたすら登る。息を切らし、大腿四頭筋をパンパンにしながら一歩一歩足を前に出す。だんだん普段の生活が遠くなり、心の中のモヤモヤが削ぎ落とされていくような気がします。標高が上がるにつれ、周りの樹木すら削ぎ落とされ、少なくなっていきます。

日本アルプスでは、標高二千五百メートルあたりが森林限界です。そこを過ぎるともう高い木はありません。松の木は地面を這う「ハイマツ」になり、日陰になってくれるような木立はなくなります。あるのは露出した岩の斜面と、名も知らぬ小さな草花たち。岩にすがり、風や日光をもろに受けながらさらに登る先には、目指す頂上。

最後の力を振りしぼって頂上に立つと、視界が三百六十度開けます。真上には群青色の空、下には白い雲海。遠くに連なる山々。今、生きてこの世界を見ている、とたしかに感じることができます。そして、ここまで連れてきてくれた自分の足が、愛おしくてたまらなくなるのです。

代わり映えしない毎日の中、心が重たくなっているあなた。こんな物語を書いておいて、こんなことを言うのもなんですが、一度山に登ってみませんか？　きちんと計画を立てて、装備を万全にして。

安田　夏菜

安田夏菜（やすだかな）

兵庫県西宮市生まれ。大阪教育大学卒業。『あしたも、さんかく』で第54回講談社児童文学新人賞に佳作入選（出版にあたり『あしたも、さんかく　毎日が落語日和』と改題）。第5回上方落語台本募集で入賞した創作落語が、天満天神繁昌亭にて口演される。『むこう岸』で第59回日本児童文学者協会賞、貧困ジャーナリズム大賞2019特別賞を受賞、国際推薦児童図書目録「ホワイト・レイブンズ」選定。『セカイを科学せよ！』が第68回青少年読書感想文全国コンクール課題図書となる。ほかの著書に、『ケロニャンヌ』『レイさんといた夏』『おしごとのおはなし　お笑い芸人　なんでやねーん！』（以上、講談社）、『あの日とおなじ空』（文研出版）など。日本児童文学者協会会員。

装画　吉實恵
装幀　坂川朱音（朱猫堂）
監修　羽根田治

6days 遭難者たち

2024年 5 月21日　第1刷発行
2024年10月18日　第3刷発行

著　者　安田夏菜

発行者　安永尚人
発行所　株式会社 講談社
〒112-8001　東京都文京区音羽2-12-21
電話　編集　03(5395)3535
販売　03(5395)3625
業務　03(5395)3615
印刷所　株式会社精興社
製本所　株式会社若林製本工場
本文データ制作　講談社デジタル製作

KODANSHA



本書は書き下ろしです。

本文用紙の原料は、伐採地域の法律や規則を守り、森林保護や育成など環境面に配慮して調達された木材を使用しています。【本文用紙：中越パルプ工業　ソリスト(N)】


N.D.C. 913 268p 20cm ISBN978-4-06-535559-6

自らの存在を証明せよ！
ミックスルーツの中学生が
繰り広げる生物コメディ

安田夏菜
セカイを科学せよ！

定価：1540円（税込）

# セカイを科学せよ！

藤堂ミハイル――堤中学２年。父は日本人、母はロシア人。髪は栗色、瞳は茶系でくっきりとした二重まぶた。そば屋でそばなんか食ってると、「まあ、日本人みたいにおはし使ってる」と知らないおばさんに騒がれたりする。

山口アビゲイル葉奈――転校生。ルーツはアメリカと日本。モコモコとふくらんだカーリーヘア。肌の色は、ちょっとミルクの入ったコーヒー色。縦にも横にも大きい。日本生まれの日本育ちで、日本語しか話せない。すべてが規格外の転校生は、オタク的に「蟲」が大・大・大好き！　カミキリムシ、カナヘビ、ワラジムシ、ハエトリグモ……!!　教室のあちこちから上がる悲鳴!!!　クラスは騒然!!!!

ミハイルと葉奈、そして科学部の面々は、生物班の活動存続をかけ、学校に「科学的な取り組み」の成果を示さなければならないことになってしまった。ミックスルーツの中学生が繰り広げる、とってもコメディでバイオロジカルな日々をご覧ください！

第68回 青少年読書感想文全国コンクール 課題図書